Heyne
Ex
Libris

FRANCOIS VILLON
Balladen und lasterhafte Lieder

Übertragen von
Martin Remané
illustriert mit zeitgenössischen Holzstichen

Wilhelm Heyne Verlag
München

HEYNE EX LIBRIS
Nr. 09/125

Printed in Germany 1985
Umschlaggestaltung: Christian Diener, München
Gesamtherstellung: Pustet, Regensburg
ISBN 3-453-42136-1

Inhalt

Das Testament

Le grant Teſta
mẽt maiſtre frã
coys Villon & le petit ſon codi
cille. Auec le iargon et ſes Ba
lades.

Sermon des repeuz frāches de Maistre Francoys villon.

Le recueil & hystoires des repeue frāches

Just dreißig Jahr alt, hatte ich
Vollauf geleert den Kelch der Schande,
Nicht Narr noch Weiser dünkt ich mich,
Doch zu vergeben außerstande
Ihm, der mich schlug in Eisenbande,
Dem Bischof Thibaut d'Aussigny!
Mag segnen er am Straßenrande,
All seine Macht, ich leugne sie!

Mein Herr, mein Bischof ist er nicht!
Nichts schuld ich ihm, dem frommen Beter,
Nicht Treue, nicht Vasallenpflicht,
Bin nicht sein Knecht, sein Fußabtreter!
Den Sommer lang wie einem Köter
Nur kaltes Wasser, hartes Brot
Ließ mir der Filz! – Gott, mein Erretter,
Gib, daß er büß mit gleicher Not!

Und sollt man mich nochmals verhören,
Anklagen der Verleumdung gar,
Was er mir tat, ich kann's beschwören,
Was ich gesagt, stimmt bis aufs Haar!
Gesetzt, daß er je milde war,
O Jesu, Fürst im Paradies,
Der du barmherzig immerdar,
An Leib und Seele lohn ihm dies!

Doch weil er um so härter mich
Mit Martern, die ich noch verhehlte,
Gefoltert hat, begehre ich,
Daß Gott ihm Zahn um Zahn vergelte!
Ob jeder Pfaff mir auch erzählte,
Daß Feindesliebe Christenpflicht,
Für ihn, der mich so schamlos quälte,
Verlang ich Gottes Strafgericht.

Ich bitte drum von früh bis spät
Beim Seelenheil des Jean Cotart,
Pikardisch sprech ich mein Gebet,
Freimütig, aller Floskeln bar.
Ablesen macht mich gähnen gar!
Versteht er's nicht, lern er's von andern,
Daß meine Wünsche werden wahr,
Weiß ganz Douai und Lille in Flandern.

Ich bet, soviel er hören will,
Das zählt zu meinen Christenpflichten,
Zwar leise, niemals mit Gebrüll,
Doch täuschen soll er sich mitnichten.
Zum Psalter greif ich nur, zum schlichten
– von Kalbfell nicht noch Korduan –,
Das *Deus laudem* zu verrichten.
Der siebte Vers, der gilt ihm dann.

Gebenedeit sei Gottes Sohn,
Vor den ich meine Nöte trage,
Er hilft mir, wenn vorm ewigen Thron
Ich wegen seiner Willkür klage.
Der Jungfrau, die aus Kerkerplage
Mich hat erlöst, sei untertänig
Mein Dank gesagt an jedem Tage,
Wie Ludwig, Frankreichs gutem König!

Gott schenk ihm Jakobs Glück allhie,
Salomons Weisheit, Ruhm und Ehre!
An Mut und Kraft gebrach's ihm nie.
Ich bete, daß sein Reich sich mehre,
Daß Gott ihm alle Ding beschere
Der flüchtigen Welt, die ihm genehm.
Daß die Erinnrung an ihn währe,
Leb lang er wie Methusalem!

Zwölf schöne Kinder soll er haben,
Entsprossen seinem edlen Blut
Und eignem Ehstand, lauter Knaben,
Wie Kaiser Karl so groß an Mut,
Hilfreich wie Sankt Martial und gut!
Vor Schlimmrem, das geschehen könnt,
Nimm ihn, o Herr, in deine Hut,
Hol ihn ins Paradies am End!

Weil ich nun doch schon ziemlich schwach
An Geld wie an Gesundheit bin
– nur mein Verstand ist halbwegs wach,
Soviel mir Gott davon geliehn,
Von keinem andern stahl ich ihn,
Das weiß ein jeder, der mich kennt! –,
Setzt ich mich auf die Hosen hin
Und fertigte dies Testament.

Im Jahre einundsechzig schrieb
Ich's auf, vom König just befreit
Zu Meung. Daß ich am Leben blieb
Nach solcher Haft und so viel Leid,
Will ich ihm danken allezeit,
Ihm dienen – dafür steh ich ein! –
In Treue und Ergebenheit.
Wohltat darf nicht vergessen sein.

Es brauchte Tränen, Angst und Not,
Mühselig Wandern voll Gefahr,
Bis mein Verstand, gehetzt vom Tod,
Zum Kiesel glattgeschliffen war.
Durch Leiden ward mir offenbar
Mehr, als Averroës mich lehrte,
Der Weise, dessen Kommentar
Uns Aristoteles erklärte.

Verzweifelt war ich, voll Verdruß,
Längst war kein Kreuzer mehr mein eigen.
Da sah ich – wie vor Emmaus
Die Jünger – Gott sich zu mir neigen,
Die Stadt der Rettung mir zu zeigen.
Ja, gnädig hilft Gott seinen Kindern,
Die sich in Demut vor ihm beugen,
Er zürnt nur den verstockten Sündern.

Ich weiß, daß ich ein Sünder bin.
Hält Gott mir drum den Tod bereit?
Nein, ändre ich nur meinen Sinn,
Geh ich den Weg der Redlichkeit,
Ist mein Gewissen bald befreit.
Gott sieht, daß innig ich bereue.
Wie großer Schuld man mich auch zeiht,
Er übt Vergebung stets aufs neue.

Auf Gottes Milde weist uns hin
Der Autor vom *Roman der Rose,*
Wenn er uns rät gleich zu Beginn:
Übt Nachsicht, daß die zügellose
Unreife Jugend nicht erbose
Euch ganz und gar. Vergönnt ihr Zeit!
So haltet es mit meinem Lose!
Im Alter werd auch ich gescheit.

Ja, wenn mein Tod den Staatsinteressen
Nur irgendwie von Nutzen wär,
Ich würd mein eignes Wohl vergessen,
Freiwillig gäb den Kopf ich her!
Kein Wort darum verlör ich mehr!
Was kann ein Armer auch erreichen!
Nicht jung noch alt schenkt ihm Gehör,
Vor Bergen steht er, die nicht weichen.

Dem Kaiser Alexander ward
Ein Mann einst vorgeführt, genannt
Diomedes, der in Eisen hart
Gefesselt war an Fuß und Hand;
Ein kühner Räuber, ein Brigant
– wie es auch heut noch gibt genug –,
Der nun vor diesem Richter stand,
Zum Tod bestimmt nach Recht und Fug.

Der Kaiser fragt' mit kaltem Blick:
»Wie wurdest du zum Räuber? Sprich!«
Da gab der andere zurück:
»Mit welchem Recht beschimpfst du mich?
Weil ich mich also kümmerlich
Auf winzigem Boot wag übers Meer?
O Kaiser, hieß man mich wie dich,
Hätt ich gleich dir ein starkes Heer!

Was sollt ich tun? Schuld ist daran
Mein Schicksal nur! Kann ich dafür?
Und ging ich auch dagegen an,
Nicht Amt noch Würden fand ich hier.
Pardon erbitt ich nicht von dir!
Nur diesen Spruch sag ich dir heut
– längst abgedroschen klingt er mir –:
Armut pfeift auf Gesetzlichkeit.«

Als dies der Kaiser überdacht,
Sprach er: «Ich nehm in meine Hand
Dein Los, das Unheil dir gebracht.
Zum Heil, zum Glück sei dir's gewandt!«
Mensch wurde wieder der Brigant,
Und, wie man weiß, ist er's geblieben.
Valerius, in Rom genannt
Der Große, hat es aufgeschrieben.

Ach, wäre ich zur rechten Zeit
An solchen Kaiser auch geraten,
Der mir erwies Barmherzigkeit!
Säh man mich doch in Sünden waten,
Hätt ich, lebendigen Leibs zu braten,
Mich selbst verurteilt alsobald.
Nur Not treibt uns zu Missetaten
Wie Hunger Wölfe aus dem Wald.

Wie ist die Jugend mir zerronnen!
Vergeudet hab ich sie, vertan,
Hab auf Vergnügen nur gesonnen,
Jäh rückt das Alter nun heran.
Zu Fuß, zu Pferd, auf welcher Bahn
Entwich sie mir? Sie ist dahin,
Zerflattert wie ein wilder Wahn,
Und ließ mir keinerlei Gewinn.

Sie ist dahin! Ich sink ins Leere,
Verdorrt sind Wissen und Verstand.
Ich welke wie am Strauch die Beere.
Von allen, die mir blutsverwandt,
Der Jüngste selbst zerriß das Band,
Verleugnet werd ich und gemieden,
Weil nie ich Zins noch Rente fand,
Weil nie Erfolg mir war beschieden.

Viel gab ich wahrlich niemals aus
Für Leckerei und Schleckerei,
Auch nie zuviel fürs Freudenhaus,
Und wenn – dann ist's doch einerlei
Für den, der nichts trug dazu bei.
Verleumdung weiß ich abzuwehren,
Denn wer wie ich von Lastern frei,
Hat nichts vor seiner Tür zu kehren.

Ich leugne nicht, ich liebte auch
Und bin's zu tun noch heut gewillt.
Doch weint mein Herz und knurrt mein Bauch,
Weil halb mein Hunger nur gestillt,
Bin ich auf Buhlerei nicht wild.
Hab ich jedoch den Wanst, den ganzen,
Mit Fleischpasteten mir gefüllt,
Fängt drin die Wollust an zu tanzen.

Ach, hätt ich fleißiger studiert,
Dem Wein entsagt, der Lust am Weibe,
Gesitteter mich aufgeführt,
Gesichert wären Bett und Bleibe.
Doch schwänzt ich oft, hielt mir vom Leibe
Die Schule und gehorchte nicht.
Und während ich dies niederschreibe,
Ist mir, als ob mein Herze bricht.

Des Weisen Spruch, der mich gelehrt:
»Erfreu dich deiner Jugendzeit!«,
Schien günstig mir, beachtenswert.
Ich folgte ihm (zu meinem Leid!).
Er setzt sogar hinzu: »Was heut
Die Knaben treibt vom Pfad der Jugend,
Ist Übermut, Unwissenheit!«
Dies und nicht mehr! – Verzeiht der Jugend!

Verbrannt – dahin, wie Hiob sagt –,
Gleich Fadenenden einer Lage
Am Webstuhl, sind – Gott sei's geklagt! –
So viele meiner Lebenstage.
Die Rolle wäre ohne Frage,
Gäb nicht der Weber acht, ganz leer.
Doch heilt der Tod von aller Plage,
Was noch geschieht, nichts fürcht ich mehr.

Wo ist die lustige Kumpanei,
Die einst mit mir herumgehetzt,
Die Burschen, die so frank und frei
Mit mir getollt, gegrölt, geschwätzt?
Vermodert schon sind viele jetzt.
Ich bete, daß, von Sünden rein,
Sie Gott ins Paradies versetzt.
In Frieden ruhe ihr Gebein!

Doch manche kann man – Gott sei Dank!
Als reiche Herrn, Magister sehen.
Und während andre, arm und krank,
Vor Bäckerläden hungernd stehen,
Sieht schwelgen man im Wohlergehen
Kartäuser, Zölestiner – groß
Wie Perlenfischer sich aufblähen!
So ungleich ist der Menschen Los.

Den hohen Herren mag Gott geben,
Daß niemand ihren Frieden stört.
Speck brutzeln ist ihr höchstes Streben –
Doch, daß sich niemand drob beschwert!
Uns Armen, denen nichts gehört,
Geb Gott allzeit geduldige Seelen!
Den Brüdern, die die Kirche nährt,
Wird's ja an Brot und Wein nicht fehlen.

Nichts mangelt ihrem reichen Tisch,
Sie zapfen selbst vom Faß den Wein,
Und Kuchen, Torten, Eier, Fisch
Muß stets vom Allerbesten sein.
Wie Maurermeister haun sie rein,
Die sich nicht um die Hucker scheren,
Auch Mundschenk spielen sie allein,
Um jeden Humpen selbst zu leeren.

Jedoch, was misch ich mich da ein?
Es liegt mir wahrlich nichts daran,
Gar Richter über sie zu sein,
Der strafen und entbinden kann,
Ich, selbst ein ziemlich sündiger Mann!
Dir, Jesu, steht dies zu allein!
Muß ich's einst büßen, nun wohlan!
Doch was ich schrieb, schränk ich nicht ein.

Laßt drum die Klöster ruhig stehn!
Von beßren Sachen wolln wir schwätzen!
Dies Thema ist, wenn nicht obszön,
Langweilig, keinem zum Ergötzen.
Doch Armut muß die Zunge wetzen
Und bäumt sich manchmal auf im Joch.
Dann brüllt sie Worte, die verletzen.
Und wagt sie's nicht, so denkt sie's doch.

Arm von Geburt, bin ich's noch heute.
Mein Stammbaum ist nicht grad erlesen.
Die Eltern sind nur kleine Leute,
Arm wie mein Ohm Horaz, gewesen.
Die Gräber, drin die Ahnen wesen,
Sie tragen Wappen nicht noch Krone.
Doch ihre Seelen zu erlösen,
Bet ich zum Vater und zum Sohne.

Geplagt von Armut, dacht ich oft:
Mensch, mach dir doch das Herz nicht schwer,
Auch Reichtum endet unverhofft,
Zeig deinen Kummer nicht so sehr,
Weil du kein Krösus wie Jacques Cœur!
Weit besser ist's, im groben Rock
Zu leben, statt als Millionär
Zu faulen unterm Marmorblock!

So starb Jacques Cœur? – Gott sei's geklagt!
Jedoch als Bettler ohne Ehr,
Und – wie schon der Psalmist gesagt –
Die Stätte kennet ihn nicht mehr!
Ich ziehe über ihn nicht her,
Denn das geziemt mir Sünder nicht.
Ihn zu verdammen ist vielmehr
Des Priesters heilige Christenpflicht.

Ich gleiche nicht dem Engelssohne,
Ich trage nicht Planetoiden
Als Diadem noch Sonnenkrone.
Tot ist mein Vater, Gottes Frieden
Sei unterm Rasen ihm beschieden!
Die Mutter, alt und kränklich schon,
Weilt auch nicht lange mehr hienieden,
Wie sollt unsterblich sein ihr Sohn?

Ob arm, ob reich, ob dumm, ob weise,
Ob Fürst, ob Gauner tituliert,
Ob Pfaffen, Laien, filzige Greise,
Ob hübsche Fraun, fein kostümiert,
Ob Stutzer, nobel ausstaffiert,
Gleich welchen Stands, in welchem Amt,
Kahlköpfig oder hochfrisiert,
Der Tod erwischt sie allesamt.

Ob Paris, Helena, für alle
Ist Sterben bitter, wie mir deucht,
Wenn übers Herz sich gießt die Galle,
Die Luft so vorn wie hinten weicht,
Und Schweiß aus allen Poren kreucht!
Wer hilft dir da? Mit Blitzesschnelle
Selbst Schwester, Bruder, Sohn entfleucht.
Kein andrer tritt an deine Stelle.

Der Mensch erbleicht im Todeskampf,
Wenn Mund und Nase jäh verfallen.
Der Hals schwillt an, wenn sich im Krampf
Der Adern Blutgerinnsel ballen.
Auch du, du Wunderwerk vor allen,
Du Frauenleib, so zart und süß,
Kommst aus des Würgeengels Krallen
Nicht glatt und heil ins Paradies.

Ballade
von den edlen Frauen vergangener Zeiten

Sagt mir, wo sind sie alle hin,
Die überirdisch schön man nannte?
Flora, die edle Römerin,
Thaïs und ihre Blutsverwandte,
Als Archipiada bekannte,
Und Echo, die so wunderbar
Durch Widerhall den Rufer bannte?
Wo ist der Schnee vom vorigen Jahr?

Sagt mir, wo Heloise blieb,
Für die einst Abälard entbrannte,
Den Liebesgram ins Kloster trieb,
Als man zur Buße ihn entmannte?
Wo ist die Fürstin, die galante,
Die Buridan ersäufte gar,
Im Sack verschnürt, zur Seine sandte?
Wo ist der Schnee vom vorigen Jahr?

Wo ist, die Königin Blanche hieß,
Die süßer sang als die Sirene?
Wo Bertha, Beatrice, Alice,
Wo Haremburgis, die von Maine,
Jeanne d'Arc, die Heldin der Lorraine,
Vom Feind verbrannt mit Haut und Haar?
Maria, heilige Himmelsschöne,
Wo ist der Schnee vom vorigen Jahr?

Fragt nicht mein Fürst, wo sie geblieben,
Fragt niemals mehr! Denkt immerdar
Des Kehrreims nur, den ich geschrieben:
Wo ist der Schnee vom vorigen Jahr?

Ballade von den großen Männern vergangener Zeit

Sagt mir, wo ist Kalixt der Dritte,
Der Buße zumaß und Pardon
Als Papst in Rom? Wo blieb, ich bitte,
Alfons, König von Aragon?
Wo ist der Herzog von Bourbon,
Wo Artus, unbesiegt im Streite,
Wo König Karl, genannt le bon?
Wo ist Carolus Magnus heute?

Wo ist, der König war der Schotten,
Des Antlitz durch ein Mal, fürwahr
Dem Amethyst gleich, dem blauroten,
Halb war entstellt vom Kinn zum Haar?
Wo ist, der Zyperns König war,
Und, der Hispanien befreite –
Ich weiß nicht Namen mehr noch Jahr.
Wo ist Carolus Magnus heute?

Sinnlos, noch mehr heranzuziehen!
Nur Trug und Traum ist diese Welt!
Dem Tode kann kein Mensch entfliehen!
Doch sei, damit kein Beispiel fehlt,
Noch eine Frage hier gestellt:
Ward Ladislaus des Todes Beute
Nicht gleichfalls wie sein Ahn, der Held?
Wo ist Carolus Magnus heute?

Erhielt Clacquin vom Tod Pardon?
Der von Auvergne, liebe Leute?
Der noble Herr von Alençon?
Wo ist Carolus Magnus heute?

Ballade
in altfranzösischer Sprache

Apostel, Heilige, die von langen
Messegewändern ganz verhüllt,
Bestickt mit goldnen Sternen prangen,
Der Böse packt sie haßerfüllt.
Ob Herr, ob Knecht, ein jeder gilt
Ihm gleich, er hört nicht ihr Gebet,
Er reißt sie aus dem Leben wild.
Spurlos sind sie im Wind verweht.

Der Kaiser von Byzanz mußt weichen
Mit seinen Handschuhn, ganz von Gold.
Und Frankreichs König starb desgleichen,
Den man vor andern rühmen sollt,
Der Ehre stets dem Kreuz gezollt,
Dank dem manch eine Kirche steht,
Die er erbaut, wie's Gott gewollt.
Spurlos sind sie im Wind verweht.

Ob ich Grenoble oder Vienne,
Ob Fürsten, tapfer, stolz und klug,
Die Herren selbst, die Söhne nenne
Aus Dôles, Salins, Dijon – genug!
Sie, die geschmaust, geleert den Krug
Mit Dienern, Musikanten, seht,
Wie bald man sie zu Grabe trug!
Spurlos sind sie im Wind verweht.

Zum Tod ist jedermann bestimmt,
Ob Fürst, ob Bettler, er vergeht.
Sosehr sie alle drob ergrimmt,
Spurlos sind sie im Wind verweht.

Wie viele Päpste, Könige gar,
Gezeugt durch allerhöchste Bäuche,
Sind schon im Grab verwest fürwahr,
Und andre schröpfen ihre Reiche.
Ich armer Krämer aber schleiche
Noch hier herum! – Nun, gibt mir Gott
Genügend lustige Zeit, dann weiche
Ich nicht vor einem guten Tod.

Nicht ewig sind wir auf der Welt,
Wenn's auch manch fetter Wuchrer glaubt.
Das Schwert des Todes, das uns fällt,
Schwebt drohend über jedem Haupt.
Das ist ein Trost, den keiner raubt
Dem Greis, der Spaß am Spott noch hat,
Als Narr zu gelten sich erlaubt,
Wie er's als junger Witzbold tat.

Was könnte er auch Beßres tun,
Er, dem doch nichts als Betteln blieb!
Sollt er sich drum bedauern nun,
Weil alles um ihn grau und trüb?
Doch manchem ward der Tod da lieb;
Hielt ihn die Furcht vor Gott nicht ab,
Er brächte, eh er Schlimmres trieb,
Sich eigenmächtig selbst ins Grab.

Gefiel der Jüngling noch der Welt,
Der Greis hat gar nichts mehr zu geigen.
Ein alter Affe stets mißfällt,
Mag er sich noch so freundlich zeigen.
Denn schweigt er, raunt man nur im Reigen:
»Der alte Narr, ganz blöd ist er!«
Doch spricht er, heißt man ihn gleich schweigen
Und ruft: »Dein Kohl, der blüht nicht mehr!«

Die armen Weiber aber drücken,
Sobald sie alt, erst recht die Schuh.
Was tun? Sie sehn, die Jungfern rücken
An ihren Platz mit Seelenruh!
Dann zetern sie: «Was schicktest du,
O Gott, uns auf die Welt so früh?«
Der Schöpfer aber schweigt dazu,
Denn diesen Streit gewinnt er nie!

Die Klagen der schönen Helmschmiedswitwe

Mich dünkt, mir klingen noch im Ohr
Der schönen Helmschmiedswitwe Klagen,
Daß ihre Jugend sie verlor.
Verzweifelt hörte ich sie sagen:
»Warum hast du mich so geschlagen,
Verfluchtes Alter, Mörderin?
Ich geh und häng mich auf am Kragen!
Hat denn mein Leben jetzt noch Sinn?

Du kamst, die Schönheit mir zu stehlen,
Die ihre Macht so lang bewies,
Kaufleuten, Priestern zu befehlen,
Daß keiner war, der Mann sich hieß
Und nicht sein ganzes Geld mir ließ
– ob es ihn später auch gereute –
Als Eintrittspreis fürs Paradies.
Doch heut verschmähn mich Bettelleute.

Hab selbst mich manchem Herrn versagt.
Ich, sonst gewitzt, war wie verwandelt,
Als ein Filou – Gott sei's geklagt! –,
Ein schlauer, mit mir angebandelt.
Ihn hab ich extra gut behandelt,
Die anderen dafür geprellt,
Er hat mit Prügeln mich verschandelt,
Denn ihm, ihm ging's nur um mein Geld.

So roh der Kerl mich manches Mal
Zu Boden schmiß und mich mit Füßen
Traktierte, wenn er mir befahl,
Ich sollt ihn lieben noch und küssen,
Ich hab ihm stets willfahren müssen!
Bis mir der Lüstling auch die Pest
Noch angehext! – So mußt ich's büßen!
Siechtum und Schande sind der Rest.

Nun ist er tot schon dreißig Jahr,
Ich blieb allein, verwelkt und grau.
Denk ich zurück, bei Gott, was war
Ich einst für eine schmucke Frau!
Wenn ich mich heute nackt beschau,
Dann sträubt sich mir das schüttre Haar,
Kaum daß ich meinen Augen trau!
Und rasend werden könnt ich gar!

Was ward aus meiner glatten Stirn,
Den hübschen Brau'n, dem blonden Haar
Und – was die Klügsten konnt verwirrn –
Dem süßen Blick, so blitzend klar,
Der Nase, die so niedlich war,
Den Öhrchen, klein und zart und fein,
Dem Grübchenkinn, dem Lippenpaar,
Das roter, üppiger nicht konnt sein?

Die schönen Schultern, einst so straff,
Die Arme mit den schlanken Händen,
Die süßen Brüste – welk und schlaff,
Vertrocknet wie die prallen Lenden!
Was jemals Männer konnte blenden,
Ist nichts mehr wert! Vor allem dies!
Der Winkel, wo die Schenkel enden,
Der Venus kleines Paradies!

Die Stirn gefurcht, die Lider kahl,
Die Haare grau, das Auge trüb,
Das, blitzend wie der Sterne Strahl,
den reichsten Kerl zur Tollheit trieb.
Oh! Nichts von allen Reizen blieb!
Ohr, Nase lasch und abgestumpft,
Die Wangen fahl, grob wie ein Sieb,
Das Kinn bemoost, der Mund geschrumpft!

So kehrt sich alle Schönheit um!
Knotig die Hände, die man küßte!
Und Schultern, Arm und Rücken krumm!
Was sind die einst begehrten Brüste,
Die Lenden – und der Hort der Lüste?
Oh, dreimal pfui! Und meine Schenkel,
Was sind sie jetzt? Nur dürre, triste
Schrumplige Würstchen voller Sprenkel!

So denken wir der guten Zeit,
Wir alten Weiber, dumm vor Trauer,
Und hocken auf dem Steiß, gereiht
Wie graue Krähen auf der Mauer.
Die Asche schwelt, uns packt ein Schauer:
Zu früh entflammt, so jäh verfallen!
Kein Feuer ist von ewiger Dauer!
Ihr Weiber, ja, so geht's uns allen!«

Die Helmschmiedswitwe an die Freudenmädchen

»Hör, hübsches Handschuhmachermädel,
Und du, Schuhflickerin, nicht minder,
Daß keine mir die Zeit vertrödel!
Tappt nicht durchs Leben wie ein Blinder!
Greift rechts, greift links! Schnappt euch die Sünder!
Schont keinen! Nehmt, was euch gehört!
Im Alter seid ihr nutzlos, Kinder,
Wie eine Münze ohne Wert.

Auch du, Wurstmacherin, du nette,
Flott wie beim Tanzen sei beim Küssen!
Du, Teppichweberin Guillemette,
Sei lieb, will's mal der Meister wissen!
Habt ihr den Laden schließen müssen,
Ein krummer Pfaff euch kaum begehrt!
Ein altes Weib wird weggeschmissen
Wie eine Münze ohne Wert.

Du, Haubennäherin Jeanette,
Laß keinen dir die Hände binden!
Du, Taschenmacherin, kokette,
Schneid niemand, er könnt beßre finden!
Hübsch oder nicht, bei Männern zünden
Kann Jugend nur, die Lachen lehrt!
Ihr seid, wenn Frohsinn, Frische schwinden,
Wie eine Münze ohne Wert.

Ja, Mädchen, wie man's auch betrachtet,
Bedenkt, wenn ihr mich jammern hört:
Ein altes Weib wird nur mißachtet
Wie eine Münze ohne Wert.«

Ich übergeb die gute Lehre
Hiermit auch unsrer Jungfernschaft.
Ob gut, ob schlecht, ob Schmach, ob Ehre –
Frémin, mein Schreiber, hat gegafft,
Als glich er mir an Geisteskraft,
Da ich diktiert ihm solche Mär.
Doch schrieb er falsch, wird er bestraft!
Sonst heißt's, ich sei so dumm wie er.

Denn ich erkenne die Gefahr,
In die Verliebte blind oft gehen.
Mag man mich drum beschimpfen gar:
Du Narr, die Liebe so zu schmähen,
Ins Üble alles zu verdrehn!
Ist jedes Weib denn so gemein?
Die, die aus Falschheit nur bestehen,
Das können doch nur Huren sein!

Nur Geld ist deren Element.
Da treibst du's höchstens eine Stunde.
Sie lachen, doch dein Beutel flennt,
Du fliehst, sonst gehst du vor die Hunde,
Denn schon folgt dir der nächste Kunde.
Nein! Frauen nur von Stand und Ehr
Sind freien Männern nach dem Munde.
Und dazu helf uns Gott der Herr!

Gesetzt, man bricht also den Stab,
Dann sage ich: Das ist doch Stuß!
Wenn ich ihn recht verstanden hab:
Zieht solch ein Spießer draus den Schluß,
Daß man nur Damen lieben muß?
Doch sollt er wissen: Jene Flittchen,
Um die sich dreht mein Wortterguß,
Sie waren rein einst wie Schneewittchen.

Fürwahr, ihr Schild war ungetrübt,
Kein Makel war auf ihren Namen.
So echt, wie du und ich geliebt,
So liebten sie als junge Damen,
Noch ehe in Verruf sie kamen,
Ob Laie oder Mönch ihr Freier,
Sie löschten nur der Liebe Flammen,
Die brennen wie Sankt Antons Feuer!

Ja, jede, folgsam dem Dekret,
Fand einst in einem nur ihr Heil,
Nahm heimlich ihn nur in ihr Bett,
Kein andrer hatte daran teil.
Doch führt dies meist zu Langeweil,
Denn, die's zu oft mit einem übt,
Wird schließlich auch auf andre geil.
So kommt's, daß sie bald viele liebt.

Fragt ihr, was Frauen dazu treibe?
Glaubt nicht, daß ich sie kränken will!
Natur gab diesen Trieb dem Weibe,
Die Wollust ist ihr Lebensziel.
Kein Reim paßt besser hier ins Spiel
Als der, der längst in Reims nicht neu,
In Saint-Omer, in Troyes, in Lille:
Sechs Knechte schaffen mehr als drei.

Verliebter Narr, da blitzt du ab,
Fort fliegt die Dame deiner Wahl,
Und Treu und Glauben sinkt ins Grab,
Genarrt hat dich dein Ideal!
Ja, so geht's Liebe allemal!
»Potz Wolkenbruch und Donnerkrach«,
Schreist du dann auf in wilder Qual,
»Ein Kuß – und Schmerzen tausendfach!«

Doppelballade

Buhlt, buhlt, ja buhlt, wenn's euch gefällt,
Die Zeit auf Feten zu vertrödeln,
Nur endet zum Gespött der Welt
Nicht gar mit eingeschlagnen Schädeln!
Was ward aus Salomon, dem edeln?
Das Augenlicht gab Simson dran.
Dumm ist's, um jeden Rock zu wedeln.
Wohl dem, der gar nicht lieben kann!

Orpheus, der zärtlich ohn Verdruß
Ließ Dudelsack und Flöte schallen,
Dem vierköpfigen Zerberus
Fiel er dabei fast in die Krallen.
Narziß ist in den Teich gefallen,
Sein Spiegelbild sah er nur an.
Selbstliebe bringt nicht minder Qualen.
Wohl dem, der gar nicht lieben kann!

Sardanapal, der große Held,
Der nicht nur Kreta konnt gewinnen,
Ward weibisch, schlich ins Weiberzelt,
Als Weib mit Weibern Garn zu spinnen.
Selbst David, welcher Gott zu dienen
Nie müde ward, focht Wollust an:
Zwei Schenkel brachten ihn von Sinnen.
Wohl dem, der gar nicht lieben kann!

Ammon gab vor, er könnt zur Nacht
Tamaras Törtchen nicht entbehren,
Doch war die Lust in ihm erwacht,
Die eigne Schwester zu entehren.
Herodes köpfte – geil, zu hören
Der Tochter Tanzlied – Sankt Johann,
Blutschänderisch sie zu begehren!
Wohl dem, der gar nicht lieben kann!

Und wie ging's mir verliebtem Schwein?
Mir schlug man weich die nackte Pelle.
So schlägt man schmutzige Windeln rein!
Das war Catherine de Vaucelles,
Und Freund Noël, ihr Spießgeselle,
Die mich kuriert vom Liebeswahn,
Mit Fausthandschuhn geschickt zur Hölle!
Wohl dem, der gar nicht lieben kann!

Doch glaubt ihr, daß ein junger Fant
Von Mädchen läßt und wird gescheiter?
Niemals! Und würde er verbrannt
Als ein verhexter Besenreiter!
Wie Zibetkätzchen locken weiter
Brünett und blond den Liedrian,
Nach Liebe wie besessen schreit er!
Wohl dem, der gar nicht lieben kann!

Cy comence le grant codicille & te
stamẽt maistre francois villon

Hätt sie, der ich mein Herz geweiht,
Der redlich ich gedient und treu
– noch eh ich soviel Schmach und Leid
Von ihr erlitt –, bekundet frei,
Daß meine Liebe sinnlos sei
(Sie tat es nicht, drum hofft ich kühn!),
Geflohen wär ich ohne Reu,
Mich ihren Netzen zu entziehn.

Doch viele Worte durft ich wagen,
Sie war's zu hören stets bereit,
Zwar ohne nein noch ja zu sagen.
Wie oft, ganz nah an ihrer Seit,
Schlang ich den Arm schon um ihr Kleid.
Dies aber ließ sie nur geschehn,
Dieweil mein Schwatzen sie zerstreut'
Und – um den Kopf mir zu verdrehn.

Zum Narren hielt sie mich und lachte,
Wenn sie mir schwarz als weiß anschmierte,
Wenn sie aus Mehl mir Asche machte,
Dreckfilze Präses titulierte,
Mir Rost als Puder offerierte.
Zwei Asse machte sie zu dreien. –
Kein Lügner, der dir nicht testierte,
Daß Teufel nur Eichhörnchen seien.

Wenn Himmel eine Pfanne war,
Hieß Morgendunst schon Abendschein,
Ein Wölkchen war ein Lammfell gar,
Die Rübe sollt ein Kohlstrunk sein,
Vergorenes Bier war junger Wein.
Ein Galgenstrick hieß Seidenhaar,
Der Hintern galt ihr nur als Schwein,
Der fette Pfaffe als Scholar.

So hat mich Liebe stets genarrt,
Genagelt zwischen Tür und Schwelle.
Kein Mann, gestanzt wie Silber hart,
Gewitzigt von Natur und helle,
Der nicht dabei ließ Hemd und Pelle.
Doch keiner war so bloßgestellt,
Verhöhnt wie ich an jeder Stelle,
Als abgeblitzter Liebesheld!

Von nun an schwör ich ab dem Lieben,
Trotz biet ich dem Sirenensang!
Sie, die mich fast ins Grab getrieben,
Was kümmert sie mein Untergang!
Die Fiedel werf ich in den Schrank!
Wer will, wetz hinter Schürzen her.
Ich selber tat es allzulang,
Doch jetzo schert mich das nicht mehr!

Verloren ist für mich das Spiel.
Wer da noch hofft, ist zu beklagen.
Doch schwätz ich drüber längst zuviel,
Mich drängt's jetzt, Beßrem nachzujagen.
Und wollte jemand mich noch fragen:
So schmähst du Liebe, Treu und Glauben?
Dem will ich nur das eine sagen:
Wer stirbt, darf alles sich erlauben.

Vor Durst verbrenn ich, fieberheiß,
Hab krächzend Klumpen schon gespuckt
Wie Baumwollknäuel, watteweiß,
Als hätt ich einen Mönch verschluckt.
Hohl dröhnt die Brust, von Schmerz durchzuckt.
Ich fühl mich wie ein alter Mann,
Seh ich, wie Jeanne auf mich guckt,
Und bin doch noch ein junger Hahn!

Dem Tacque Tibaut verdank ich dies,
Der mich in Eisen hat geschlossen,
Im tiefsten, finstersten Verlies
Eiswasser in mich reingegossen.
Denk ich daran, ach, unverdrossen
Bet ich für ihn et reliqua.
Geb Gott ihm, was ich selbst genossen
An Bitternis . . . et cetera.

Ich wünsche ihm auf jeden Fall,
Wie allen, nichts als Gottes Lohn,
Dem Vize wie dem Offizial,
Dem liebenswürdigen Patron.
Die anderen vergaß ich schon.
Nur an Robert noch denk ich grad!
Ich lieb auch ihn, wie Gottes Sohn
Die Wucherer geliebt einst hat.

In jenem Jahr, ich täusch mich nicht,
Bevor ich aus Paris entschwand,
Schrieb ich ein ähnliches Gedicht,
Vermächtnis hieß es, wie bekannt,
Doch hat man 's *Testament* genannt.
War das mein Witz? Dann wüßt ich's doch!
Sei's drum! Ein Spruch geht um im Land:
»Kein Mensch ist Herr des Seinen noch.«

Doch was ich wem einst zugedacht,
Das bleibt. Nicht daß ich heute spare!
Dem drei Bund Stroh ich dort vermacht,
Der edle Bastard de la Barre
Kriegt, weil ich Mitleid ihm bewahre,
Jetzt meine Matten noch, die alten,
Die, wird er weich im Lauf der Jahre,
Ihm helfen, wacker durchzuhalten.

Wenn einer einstmals nicht bekommt,
Was ich ihm dort wie hier gespendet,
Ich sorgte vor! Er kriegt es prompt,
Sobald er sich dahin gewendet,
Wo irdisch Gut gar oft geendet.
Frag er Provins, Turgis, Moreau,
Ob ich bei ihnen nicht verpfändet
Sogar mein Bett mitsamt dem Stroh!

Genug davon, jetzt wird es Zeit,
Daß ich beginne und testier:
Frémin, mein Schreiber, steht bereit.
Wenn er nicht schläft, ich schwör's, von mir
Wird keiner übergangen hier.
Doch solln die anbefohlnen Gaben
– was ich hiermit manifestier –
Nur für Franzosen Geltung haben.

Mein Herz wird schwach, eh es mir bricht,
Frémin, komm, setz dich nah zu mir!
Kann nur noch krächzen, will auch nicht,
Daß einer mithört an der Tür.
Nimm Tinte, Feder und Papier,
Beeile dich, potz Sakrament!
Was fertig, alsogleich kopier! –
Und so beginnt mein Testament:

Im Namen der Dreieinigkeit,
– Gottvater, Sohn und Heiliger Geist –,
Die uns von Adams Schuld befreit
Und uns den Weg zum Himmel weist!
Wohl dem, der ihre Allmacht preist,
Dem Gläubigen winkt reicher Lohn,
Weil Gott ihm Seligkeit verheißt,
Erhöht wird er vor seinem Thron!

Zum Tod verdammt war Leib und Seele
Der Menschen einst von jedem Stand,
Zu faulen in des Grabes Höhle,
Zu brennen in der Hölle Brand.
Doch ausgenommen davon fand
Ich Patriarchen und Propheten,
Sie dürfen, wenn ich's recht erkannt,
Die heiligen Hinterbacken retten.

Sagt man: Du Ketzer, Demagoge!
Solch dreiste Lehre zu verkünden!
Bist du Magister, Theologe,
Um diese These zu begründen? –
Sag ich: Im Gleichnis kann man's finden,
Wo Jesus von dem Reichen spricht.
Der sitzt dort in der Hölle Schlünden,
Sankt Lazarus im Himmelslicht.

Doch rührt kein Reicher – fiel ein Jünger
Des Herrn dem Höllenbrand zur Beute –
Für diesen einen feuchten Finger,
Daß er ihm Linderung bereite!
Ihr armen Säufer, welche Pleite!
Wer wird dort eure Hosen kaufen?
Verschon uns Gott! – und Scherz beiseite –,
Wenn's nicht ein Tröpfchen gibt zu saufen!

Im Namen Gottes, wie gesagt,
Bei Christi und der Jungfrau Ehre:
Kein sündig Wort sei hier gewagt!
Des Heiligen Geistes Güte wehre
Mir abgemagerten Chimäre,
Daß je mich Jähzorn treib und Rache!
Von andrer seelischer Misere
Zu schweigen! – Aber nun zur Sache!

Ad eins, vermach ich meine Seel
Der Heiligen Dreifaltigkeit.
Dir, Mutter Gottes ohne Fehl,
Empfehl ich sie für alle Zeit.
Ich bitte um Barmherzigkeit
Die Engelchöre allzumal:
Tragt sie empor aus Not und Leid
Zu Gottes Thron und Freudensaal!

Item den Leib geb ich der Erden,
Der Mutter, die uns all geboren.
Kein Wurm wird fett von ihm noch werden.
Der Hunger, der ihm Krieg geschworen
Seit je, läßt ihn dann ungeschoren.
Was Erde war, soll ihr gehören,
Denn alles Fleisch ist nur erkoren,
Zum Ausgangsort zurückzukehren.

Item, der mir nach bestem Wissen
Mehr als ein Vater immer war,
Aus manchem Wirbel mich gerissen,
Aus mancher tödlichen Gefahr,
War ich auch meistens undankbar,
Maître Guillaume de Villon,
Kniefällig bitt ich ihn fürwahr
Zum letzten Male um Pardon.

Ihm widme ich all meine Bücher,
Das *Buch vom Teufelsfurz* vor allen.
Guy Tabarie schrieb's ab, der sicher
Ein Ehrenmann. (Verschnürt in Ballen,
Liegt's unterm Tisch.) Ich will nicht prahlen,
Mißfällt sein Ton auch, das ist nichtig.
Dem edlen Herrn wird's doch gefallen,
Dieweil der Inhalt sehr gewichtig.

Item, die Jungfrau fromm zu grüßen,
Schrieb ich der Mutter, meiner lieben,
Ein Ave, ich, der ihr zerrissen
Das Herz mit meinen sündigen Trieben,
Mir ist kein Zufluchtsort geblieben,
Verdient hab ich der Hölle Grauen!
Möcht Gott an ihr nur Gnade üben,
An ihr, der ärmsten aller Frauen.

Ballade zur Anbetung der Gottesmutter

Du Königin des Himmels und der Erde,
Gebieterin des Reichs der Unterwelt,
Gib, daß ich einstens nicht verstoßen werde,
Daß zu den Auserwählten man mich zählt,
Sosehr es mir auch an Verdiensten fehlt!
Doch deine Güte kann von Schuld und Sünden
Den, der in Demut zu dir fleht, entbinden.
Das Paradies ist sein nach aller Not.
Wer ehrlich büßt, der wird auch Gnade finden.
Das ist mein Trost im Leben und im Tod.

Sag deinem Sohn: So sündhaft einst mein Leben.
Ich flehe, daß er seiner Magd verzeih,
Wie der Ägypterin er hat vergeben,
Theophilus gar von der Ketzerei,
Der schlimmsten Sündenschuld, gesprochen frei,
Obschon sein Geist dem Teufel war verschrieben.

Verhüte, daß ich tu, was er getrieben,
O Mutter Gottes, daß der Zweifler Spott
Mir je verwehrt, das Sakrament zu lieben.
Das ist mein Trost im Leben und im Tod.

Ich arme alte Frau kann nichts als beten,
Und lesen, schreiben blieb mir unbekannt.
Seh ich das schöne Bild mit Harfen, Flöten,
Das Paradies, an der Kapellenwand,
Wie bin ich froh! Doch das vom Höllenbrand,
Wo Sünder braten, macht mir Angst und Grauen.
Dir, Mutter Gottes, dir darf ich vertrauen,
Führst mich durchs Freudentor nach aller Not!
Ja, Himmelsfreude werd ich ewig schauen!
Das ist mein Trost im Leben und im Tod.

Von dir, o Jungfrau, ward uns Heil gespendet.
Jesus, dein Sohn, des Herrschaft nimmer endet,
Ließ sich zu uns herab, die wir verblendet,
Lud unsre Schuld auf sich und unsre Not.
Ohn seinen Opfertod wärn wir verloren!
Nur ihm bleib ich als meinem Herrn verschworen!
Das ist mein Trost im Leben und im Tod.

Item der teuren Rose lasse
Ich nichts, nicht Herz noch Galle gar.
Sie, die nur liebte ihre Kasse,
Hat eingesackt genug in bar.
Ihr dicker seidner Beutel war
Stets prall gefüllt mit Talerstücken.
Gehenkt sein soll als Obernarr,
Wer diesen Sack noch wollt verdicken.

Sie hat genug, wie jeder weiß.
Doch schert's mich nicht, denn sowieso
Macht sie den Steiß mir nicht mehr heiß.
Ich überlaß sie, wahrlich froh,
Den Leibeserben von Michaut,
Genannt der beste Bock im Bette.
Geht, huldigt ihm! Ich sag euch, wo:
In Saint-Satur ist seine Stätte.

Dem Liebesgott will ich mich nur,
Ihr keinesfalls, erkenntlich zeigen.
Denn Hoffnung heg ich keine Spur,
Ich hätt bei ihr noch was zu geigen.
(Ob sie denselben tollen Reigen
Wie mir aufführte jedem Mann?)
Die heilige Jungfrau kann bezeugen,
Daß ich längst drüber lachen kann.

So schrieb ich dies Akrostichon,
In dem ich unsre Namen paare.
Wer's überbringt, das wüßt ich schon,
Das macht der Bulle de la Barre
Auf seiner Tour nach Liebesware.
Und rennt sie weg, ist's kein Malheur,
Er hat sie bald an der Kandare
Und grunzt: »Wo kommst du Hure her?«

Ballade an die Geliebte

Falsch ist die Schöne, der ich gab mein Herz,
Ruchlos ist ihrer Keuschheit Heuchelei.
Ach, kann denn Liebe härter sein als Erz?
Nur meinen Untergang führt sie herbei!
Chimäre, die mir bricht das Herz entzwei!
Ohn Mitleid lacht ihr Hochmut meiner Pein,
Ihr kalter Blick treibt mich zur Raserei!
Soll meiner Qual denn nie ein Ende sein?

Mein arme Seel hätt besser dran getan,
An andrer Brust zu suchen Glück und Ehr,
Rechtzeitig zu entziehn mich diesem Wahn.
Tor, der ich war! Nun fällt die Flucht mir schwer!
Helft, helft mir doch! Besänftigt mein Begehr!
Elend und ungerächt, sterb ich allein.
Schenkt keiner, keiner meinem Ruf Gehör?
Soll meiner Qual denn nie ein Ende sein?

Einst kommt der Tag, da ihrer Schönheit Schein
Verblaßt, verwelkt. Dann klagt sie weh und ach!
Ich aber lache, ich, der eigner Pein
Stets spotten konnte, eh sie mich zerbrach.
Doch kann ich's? Werd ich Narr, selbst alt und schwach,
Den Schmerz nicht nur ersäufen noch im Wein?
So helft mir doch! Ich sterbe tausendfach!
Soll meiner Qual denn nie ein Ende sein?

Du, Fürst der Liebe, aller Liebe Hort,
Vergib, doch hör, wie meine Sinne schrein!
Helft eurem Nächsten! Ist's nicht Christi Wort?
Soll meiner Qual denn nie ein Ende sein?

Item Ythier Marchant, dem ich
Schon meinen Schläger hab dotiert,
Kriegt dies Rondeau noch, daß er's sich
Als Lied zur Laute komponiert.
Das *De profundis* delektiert
Auch seine Liebchen sicherlich.
Die Namen ließ ich unberührt,
Sonst speit er ewig Gift auf mich.

Rondeau

Tod, grimmer Tod, wie bist du hart!
Du Räuber nahmst die Liebste mir!
Verschmachtet steh ich, ganz erstarrt.
Wann ist gesättigt deine Gier?
Nicht Kraft noch Mut ich mehr verspür!
Sie, die so schuldlos, liegt verscharrt,
    Tot?

Zwei waren wir, doch nur ein Herz!
Nun starb das Herz! In Gram gehüllt,
Leblos, leb ich mit meinem Schmerz,
Ein Schatten, schweigend wie ein Bild,
    Tod!

Item dem reichen Jean Cornu
Will ich noch einmal was vermachen,
Denn sitzen ließ er mich ja nie,
Stand's übel mal um meine Sachen.
Er kriegt das Häuschen – er wird lachen! –,
Das Baubignon mir gab in Pacht,
Wenn Tür und Giebel, die zerbrachen,
Er wieder einbruchssicher macht.

Man stahl mir nämlich einen Stein,
Ließ einen Hackenstiel verschwinden!
Vernagelt man's, kommt keiner rein.
Acht Falken würden eh erblinden,
Nur keine Lerche darin finden.
Den Haken, den ich angebracht,
Nahm einer weg. Man soll ihn schinden!
Alpdruck wünsch ich ihm jede Nacht!

Item kriegt Saint-Amand dafür,
Daß seine Frau sich nicht mehr rührt
(Einst war sie toll wie keine hier,
Geb Gott, daß man sie absolviert,
So schnöd sie mich auch selbst traktiert'!),
Die schönste Stute, jung und wild –
Und *Geiler Esel* tituliert
Statt *Maultier* sei sein Kneipenschild.

Item erbt vierzehn Fässer Wein
Hesselin, der Ratsherr von Paris.
Auf meine Kappe geht's allein,
Klaut man die Fässer bei Turgis.
Doch säuft er dann zuviel Anis,
Daß er davon den Kopf verliert,
Gebt Wasser bei, verhütet dies!
Wein hat schon manchen ruiniert.

Item hängt sich mein Advokat
Charruau, der Scharfes brauchen kann
– macht auch Marchant schon damit Staat –,
Den Inhalt meiner Scheide an.
Doch diese nicht. Ich geb dem Mann
Dafür in Kleingeld den Real,
Der aus der Templerkasse rann,
Sonst bleibt sein Beutel ewig schmal.

Fournier, dem Herrn Gerichtsanwalt,
Erlaube ich für jeden Kniff
(am besten, er kriegt Ruhgehalt)
In meinen Beutel einen Griff.
Denn sicher ging mir manches schief,
Hätt er bemerkt gleich jedes Loch.
Gut Recht, auf das ich mich berief,
Half mir mit Christi Hilfe doch.

Item dem Trunkenbold Raguier
Will ich das *Große Faß* verpassen.
Doch wehe ihm, wenn ich ihn seh
Im *Tannenzapfen* solo prassen,
Dann muß er dafür Haare lassen!
Gefleddert wird er, nicht zu knapp!
Und lief er nackend durch die Gassen,
Vier Groschen nähme ich ihm ab!

Item geb ich den Herrn Louviers
Und Merebeuf nicht Ochs noch Rind.
Wer sagt, daß Bullentreiber je
Sie waren oder heute sind?
Als Jäger aber sind sie blind,
Und Schnepf und Rebhuhn haben Ruhe,
Weil so ein Falkner meint, er find
Sein Wild auch bei Madame Machecoue.

Item zahl ich Robin Turgis,
Was ich ihm schuldig bin für Wein,
Nur müßt er finden mein Verlies,
Das hieß jedoch Hellseher sein.
So setz ich ihn als Schöffen ein,
Was mir als Kind der Stadt Paris
Zusteht! Schwätz ich poitevinisch drein,
So lehrten mich zwei Damen dies.

Ja, Damen fand ich, amüsante
Und schöne, bei Saint-Générou
Wie bei Saint-Julien-de-Voventes,
In der Bretagne, in Poitou.
Ein Narr, wer mehr noch gäbe zu!
Bei meinem Degen! Bis ans Grab
Schweig ich! Sonst kommt noch ein Filou
Und jagt mir meine Schätze ab.

Raguier, dem Chef der Häschermeute
– der Zwölfe einer, unvergessen! –,
Wird hiermit aufgebrummt, ab heute
Nur Käseauflauf noch zu essen.
Hol sich der Vielfraß dieses Fressen
Vom Tisch des Ratsherrn de Bailly.
Macht's Durst, kann er das Maul sich nässen
Am Maubué-Brunnen vis-à-vis.

Item den Narrn Michaut du Four
Setz ich als Narrenprinzen ein,
Denn schwätzt er, ist's zum Grinsen nur,
Wie wenn er singt: »Feinsliebchen mein!«
Berufsnarrn sollten witziger sein!
»Du kannst mich . . .«, sag ich nur darum
Und rat ihm, da sein Geist zu klein:
»Sieh dich nach andren Ämtern um!«

Item den Elfmalzwanzigern,
Der zahmen Meute an der Kette,
In Sonderheit den beiden Herrn
Denis Richter und Jean Valette,
Geb ich fürs Kampfgetümmel nette
Sturmriemen, die ums Kinn sich straffen
Und festgemacht sind am Barette ...
Mit andern hatt ich nichts zu schaffen.

Nochmals sei Perrenet bedacht,
Bastard d'la Barre, dieser Rabe,
Der seinem Vater Ehre macht.
Er soll im Wappen mit dem Stabe
Drei Würfel, die geplombt ich habe,
Und schön gezinkte Karten tragen.
Doch furzt er weiter so, der Knabe,
Nehm ihn der Schüttelfrost beim Kragen.

Item der fleißige Cholet
Hör auf mit Hobeln, Hacken, Sägen,
Faßbinderei und andrem Dreh.
Er kriegt 'nen Lyoneser Degen,
Möcht er sein Werkzeug niederlegen.
Der Schlegel nur sei ihm gewährt,
Will er trotzdem Radau erregen,
Er, den Geschrei von andern stört.

Item denk ich an Jean le Loup,
Ein toller Kerl im Hehlerfach!
Da ihn Cholet nicht läßt in Ruh,
Ist er ganz mager schon und schwach.
Er kriegt ein Hündchen, scharf und wach,
Und einen Mantel umgehängt,
Darin versteckt er allgemach
Die Hühnchen, die der Hund ihm fängt.

Item der Schreiner Jean Mahé
Kriegt türkisch Ingwer, hundert Pflöcke.
Nicht daß er sie in Truhen dreh,
In Tische zur Verkeilung stecke,
Nein, daß es ihm die Wollust wecke,
Daß er mit Schinken, die er spießt,
Gewaltiger sich zusammenzwecke,
Bis Blut aus allen Poren fließt.

Der Hauptmann Jean Riou erhält
Samt seiner Bogenschützenschar
Wolfsköpfe, sechse, zugestellt.
Für Schweinehirten – sagt man zwar –,
Mit Hunden drum zu raufen gar,
Lohnt's nicht, jedoch schmort man sie fein
In Weinsud – um ein Stück fürwahr
Haut jeder dir den Schädel ein.

Nur schwerer wohl als Kork und Feder
Liegt so ein Wolf dem Herrn im Magen,
In Kriegsnot aber läßt sich jeder,
Soldat wie Bürger, drum erschlagen.
Kann er mit Hunden sie nicht jagen,
Die Wölfe, leg er Fallen aus.
Gelingt's, möcht ich, sein Arzt, ihm sagen:
Mach er sich einen Pelz daraus!

Item dem Robinet Trascaille,
Der groß Verdienst hat in der Stadt
(Verdienst weit mehr als 'ne Lappalie!),
Der sich die Füße nicht tritt platt
Und längst ein dickes Reitpferd hat,
Stift ich den schönsten meiner Töpfe,
Den er zu leihen selbst nicht bat,
Damit er aus dem vollen schöpfe.

Item will ich Perrot Girart,
Barbier zu Bourg-la-Reine, bedenken.
Ihm will ich – der mein Retter war,
Als mich die Häscher wollten henken –
Zwei Becken und 'nen Kübel schenken.
Sechs Jahr ist's her! Manch fetten Fraß
Tat er für mich in Pfannen schwenken.
Fragt die Äbtissin von Pourras!

Item der Bettelbruderschaft,
Den jungen Nonnen, den Beginen
Will stärken ich die Glaubenskraft,
Auch Turlipinern, Turlipinen.
Bevor sie hinter Bettgardinen
Verrichten, was sie selig macht,
Sei'n Sülzen, Sahnetorten ihnen
Statt Hostien reichlich dargebracht.

Ich geb zwar nichts, das tun die Mütter
Der Kuckuckskinder, die sie nähren,
Und Gott, in dessen Diensten bitter
Die frommen Väter sich verzehren.
So lassen wir sie denn gewähren
– und sonderlich die in Paris –,
Wenn sie den Frauen Lust bescheren,
Hilft auch den Ehegatten dies.

Jean de Pouilli erkühnte sich,
Ihr Tun zu schmähn, ja ihr Gebein,
Doch widerrufen öffentlich
Mußt er all seine Ketzerein.
Wer dürfte Jean de Meung verzeihn
Sowie Mathieu all ihren Spott?
Der Schild der Kirche bleibe rein!
Wer ihre Diener ehrt, ehrt Gott!

Ich selbst, als ihr ergebener Knecht,
Würd ihnen nie die Treue brechen!
Ich sag und tu, was ihnen recht,
Gehorsam, ohn zu widersprechen!
Nur Toren sind's, die sich erfrechen,
Laut oder heimlich sie zu schmähn.
Denn jene wissen sich zu rächen!
Das ist schon oft genug geschehn!

Item der Frater Baude, der Alte,
Daß er sich weiter so verwegen
Im Käfig seinen Vogel halte,
Kriegt Pickelhaube, Spieß und Degen,
Daß sich die Häscher hüten mögen,
Zu fordern: Gib das Weibsstück her!
Da könnt der Greis ins Zeug sich legen,
Wild wie der Teufel von Vauvert.

Item er, der das Siegel führt
Und manchen Fliegenschiß muß brauen,
Kriegt meine Spucke dediziert.
Geweicht, läßt Wachs sich leichter kauen!
Man sollt ihm auf den Daumen hauen,
Dann geht das Siegeln doppelt flott
Und weckt beim Bischof mehr Vertrauen.
Um andre Siegler sorg sich Gott!

Die Scheune, wo das Gremium tagt
Der Schöffen, laß ich renovieren,
Mit einem Nachtstuhl, die geplagt
Von Hämorrhoiden, ausstaffieren.
Mit meinem Gürtel mag sich zieren
Macée, der Zwitterzwerglemure,
Wenn die Geschwornen zudiktieren
Die schlimmste Buße dieser Hure.

Item François d'la Vacquerie,
Der eingerührt mir soviel Plag,
Ein Schottenhalsband kriegt das Vieh
Aus Draht, daran er hängen mag,
Wenn möglich, noch am heutigen Tag.
Er fluchte Sankt Georg und Gott,
Als er empfing den Ritterschlag,
Und erntete noch Hohn und Spott.

Laurens, Ankläger in Paris,
Triefaugen hat er, rot wie Rosen
– den sündigen Eltern dankt er dies,
Erzsäufern, wahrhaft zügellosen –,
Er kriegt das Futter meiner Hosen,
Daß er sich wisch den Augenrotz!
Als Bischof möcht es ihn erbosen,
Nur Seide nähm er dann, der Protz.

Doch meines Anwalts Jean Cotart
Will wahrhaft dankbar ich gedenken!
– Schuld ich ihm nicht noch Honorar? –
Er riß mich raus aus finstern Ränken,
Als man Verdacht wollt auf mich lenken,
Ich hätte die Denise geschmäht.
Gott mög die Seligkeit ihm schenken!
So widme ich ihm dies Gebet:

Ballade und Gebet

O Noah, Freund und Vater aller Reben,
Du, Loth, der nicht dem Wein konnt widerstehn,
Den Amor, der Betrüger, dir gegeben,
Daß du ins Garn den Töchtern mußtest gehn
– fern sei von mir, je euer Tun zu schmähn! –,
Dich Architriklin, Zaubrer wunderbar,
Ich fleh euch an: Erhebt zu euren Höhn
Die arme Seel des wackren Jean Cotart!

Der euch entstammte, ist uns nun entrissen.
Der beste Trunk nur war ihm gut genug,
Das Letzte hat er dafür hingeschmissen,
Der Zecher ohne Beispiel, dem den Krug
Kein andrer Mann je aus den Händen schlug,
Der nie bei Sauferein ein Faultier war.
Ihr Himmlischen, beschirmt nach Recht und Fug
Die arme Seel des wackren Jean Cotart!

Ja, stets, wenn alle schon zu Boden sanken,
War er der letzte, der den Becher ließ.
Sooft ich nachts ihn sah nach Hause wanken,
Nur einmal war's, daß er sich – glaubt mir dies! –
Am Fleischerladen eine Beule stieß!
Wo fand sich einer, der so trinkfest war!
Ihr Seligen, nehmt auf ins Paradies
Die arme Seel des wackren Jean Cotart!

»Der Schlund verbrennt mir!« schrie er bis zum Schluß,
Da er zu spucken kaum imstande war.
Gib, Gott, daß nun nicht länger dürsten muß
Die arme Seel des wackren Jean Cotart!

Item der junge Marle soll
Die Geldgeschäfte für mich führen.
Ich hab davon die Nase voll.
Natürlich darf er profitieren
Und soll beim Wechseln nichts verlieren
Für 'n Taler kann er zwei Dublonen,
Für 'n Gulden 'nen Real kassieren.
Wer liebt, darf nicht den Beutel schonen.

Item ich hörte auf der Reise
Von den drei Waisen, alle wärn
Herangewachsen, gleicherweise
Lernt' jedes in der Schule gern.
Auf ihrer Stirn wächst kein Gehörn,
Ja, von Salins gibt's bis hierher
– beim Narrenorden möcht ich's schwörn –
Nicht einen, der gescheiter wär.

Sie mögen weiter gut studieren
Bei Pierre Richier, da lernt man was,
Nur der *Donat* wird sie genieren,
Weshalb ich ihnen den erlaß.
Gewiß kommt ihnen mehr zupaß
Das *Ave salus, Zaster her!*,
Denn dicke Bücher sind kein Spaß,
Und wer viel weiß, gilt drum nicht mehr.

Daß man sie anders plage noch,
Verbiete ich, weil's sinnlos wär.
Das große *Credo* fällt ja doch
Den kleinen Rechnern noch zu schwer.
Den Mantel schneid ich durch vielmehr
Und geb die Hälfte, meiner Treu,
Zum Kauf von Zuckersachen her!
Denn Kinder lieben Schleckerei.

Doch lehr man sie, was Anstandspflicht,
Und sollt es nur mit Prügeln glücken:
Die Kappe fester ins Gesicht,
Den Daumen auf den Beutel drücken,
Besonders sich vor jedem bücken
Und lispeln: »Bitte? Aber nein!«
Bis alle staunen vor Entzücken:
»Gott, was für liebe Kinderlein!«

Den kleinen Domherren, den armen,
An die ich mein Diplom abtrat,
Geb ich in christlichem Erbarmen
Die letzte Habe, in der Tat!
Sie, die wie Gerten schlank und grad
– schon heut freun sie sich des Gewinns –,
Erhalten nächstens als Legat
Vom Haus des Herrn Gueuldry den Zins.

Die Knäblein sind noch jung und dumm,
Doch bin ich Kindern zugetan.
Sind dreißig, vierzig Jahr herum,
Weiß Gott, ganz anders sind sie dann.
Drum tu ich ihnen Gutes an
Und hau sie nicht, denn kommt die Zeit,
Zeigt so ein Bengel sich als Mann,
Dann tu ich Narr mir selber leid.

Man nehme sie ins Alumnat
Der Achtzehn auf! Ich sorg dafür!
Nur dürfen sie von früh bis spat
Nicht schlafen wie die Murmeltier.
Ein Nickerchen macht zwar Pläsier,
Doch später hat man nichts zu lachen,
Wenn man im Alter nach Gebühr
Könnt ausruhn, muß man doppelt wachen.

Der Alumnatspatron erfährt
Noch mein Programm in kurzen Zügen.
Sind sie nicht fromm, wie sich's gehört,
Soll man sie bei den Ohren kriegen.
Doch fragt man, was mir dran mag liegen,
Warum die beiden mir so lieb,
Je nun, es macht mir halt Vergnügen!
Nicht weil ich's mit den Müttern trieb!

Item will ich Michault Culdoue
Sowie Charlot Taranne bedenken.
Ich gebe jedem hundert Sous.
(Die Herkunft braucht sie nicht zu kränken.)
Auch Hosen will ich beiden schenken
Aus Bocksfell, daß sie ihre Füße
Recht oft zum Haus der Jeanne lenken,
Dem ich entbiete beste Grüße.

Item der Edle von Grigny,
Dem ich Vicêtre schon vermachte,
Bekommt den Burgturm zu Billy,
Doch erst, wenn er das Geld aufbrachte,
Womit man, was daran zerkrachte,
Aufs beste reparieren kann.
Ich habe keins, was er beachte!
Woher er's nimmt, geht mich nichts an.

Item, Thibaut d'la Garde zum Troste
– Pardon! Jean heißt das arme Schwein! –,
Was schenk ich dem, daß es nichts koste?
(Ich büßte allzuviel schon ein,
Geb Gott, ich krieg's bald wieder rein!)
Sollt ich ihm nicht das *Fäßchen* lassen?
Doch nein, sein Zinken ist zu klein.
Für Genevoys wird's besser passen.

Item Pierre Basennier, allhie
Als Kriminalkanzlist bekannt,
Kriegt einen Korb Würznelken, die
Ich bei Jean de Ruel jüngst fand.
Mautaint, Rosnel, vom gleichen Stand,
Dasselbe. – Ich befehle ihnen,
Daß sie in Treue unverwandt
Dem Diener Sankt Christofers dienen.

Ihm schrieb ich folgende Ballade,
Der edlen Gattin auch zur Ehr.
(Nicht jedem lächelt Amors Gnade
So hold – doch wundert's mich nicht mehr.)
Siziliens König raubte er
Im Wettkampf sie ohn viel Gerede,
Wie Hektor einst mit blanker Wehr
Und Troilus geführt die Fehde.

Ballade
für Robert d'Estouteville

Am Morgen, wenn der Sperberhahn sich regt,
Mit kühnem Mut sein Weidwerk zu beginnen,
Blutlüstern sich erhebt, die Drossel schlägt,
Rasch sie verschlingt, um sein Gespiel zu minnen,
O Herrin, fühl auch ich in allen Sinnen
Inbrünstiger Liebe Drang, zur Glut entzündet,
Sehnt sich mein Leib, Amors Gebot zu dienen,
Ein Wille, der uns beide eint und bindet.

Du sollst die Herrin meines Herzens sein,
Eh ich dich lasse, muß das Grab mich schlingen.
Lorbeer, dem ich mein Heil verdank allein,
Olive, deren Schatten Trost mir bringen.
Rät die Vernunft mir doch in allen Dingen
Ehrlich zu dienen dir, daß nie entschwindet
Der Wille, Zorn und Unrast zu bezwingen,
Ein Wille, der uns beide eint und bindet.

Und mehr noch! Wenn mich Eifersucht beschleicht,
Weil Liebe mich zu oft schon hat betrogen,
Dann ist's dein Blick, vor dem der Zweifel weicht,
Schnell ist mein Groll wie Rauch im Wind verflogen.
Die Saat, die ich gesät, sei nie betrogen
Durch fremde Frucht, daß Gott nur mich stets findet
Als Sämann, der die Furchen hier gezogen,
Ein Wille, der uns beide eint und bindet.

Ja, Herrin, nur der Tod, das sollst du wissen,
Wär schuld, wenn Herz von Herz getrennt sich findet.
Keins hätt sich selbst vom andern je gerissen!
Ein Wille, der uns beide eint und bindet.

Item müßt ich dem Jean Perdrier
Wie seinem Bruder was verehren,
Bedenk ich, wie seit eh und je
Sie Geld und Beistand mir gewähren.
Ja, alles nur zum besten kehren
Wollt Freund François, als dazumal
– freiwillig oder auf Begehren –
Er mich in Bourges so warm empfahl.

Den Taillevent hab ich studiert
Von A bis Z drum viele Stunden,
Doch wie man Zungenwurst serviert,
Das hab ich nicht bei ihm gefunden.
Bis ich's, gehetzt von allen Hunden,
Bei dem, der Teufel weiß zu braten,
Beim Koch Macaire, konnt erkunden.
Er hat mir dies Rezept verraten:

Ballade

In rotem Schwefel, gelbem Operment,
In siedend heißem Blei, das sie zerbeiße,
In ungelöschtem Kalk, der sie verbrennt,
In schwarzem Pech, gemixt mit stinkigem Schweiße,
In Laugen aus Urin und Wuchrerscheiße,
Im Spülicht, dick von Lepraeitersud,
Im Käse dreckiger Füße, Natternblut,
Gut umgerührt, mit Gallensaft vergoren
Von Füchsen, Dachsen, Wölfen, wild vor Wut,
Muß man die Zungen der Verleumder schmoren!

Im Hirnbrei eines Katers, der kaum mehr
Noch Zähne hat, um eine Maus zu beißen,
Im Geifer eines alten Köters, der
So toll ist, daß er alles möcht zerreißen,
Im Schaum der Eselin, die man mußt schleißen,
Weil sie vom Hengst zu lösen nicht gelang,

Im Pfützendreck voll Fäulnis und Gestank,
Draus nur noch Frösche, Kröten ungeschoren,
Giftschlangen, Ratten wagen einen Trank,
Muß man die Zungen der Verleumder schmoren!

In Sublimaten, die todbringend sind,
In schwärendem Gekrös lebendiger Schlangen,
Im Blute, das beim Aderlaß gerinnt,
Das der Barbier, wenn Vollmond aufgegangen,
Schwarz oder grün im Becken aufgefangen,
Im Schankerfluß und was in Bütten quillt,
Wenn eine Amme Säuglingswindeln drillt,
Zum Schluß – wer's nie gesehn, hat nichts verloren
Im Saft, den sich die Hur im Puff ausspült,
Muß man die Zungen der Verleumder schmoren!

Nun, Herr, siebt die besagten Leckerein
Durch einen Sack! Sollt er zur Hand nicht sein,
Durch eine Hose, drin Ihr Kot verloren.
In dieser Jauche – rührt noch Saumist rein! –
Muß man die Zungen der Verleumder schmoren!

Item André Couraud vermacht.
Sei die *Replik,* die ich geschrieben
Betreffs Gontier, die, wohlbedacht,
Im Zweifelsfall wär unterblieben.
Denn wer, von Widerspruch getrieben,
Tyrannen sich entgegenstellt,
Der wird als armer Wicht zerrieben,
Wenn er in ihre Fänge fällt.

Jedoch Gontier, kann er sich rächen?
Machtlos ist er, genau wie ich.
So wag ich's, ihm zu widersprechen:
Der Tropf bekennt zur Armut sich
Sogar im Winter! Fürchterlich!
Er sagt, daß sie ihm Glück bedeute.
Das größte Unglück dünkt sie mich!
Wer hat nun recht in diesem Streite?

Die Replik an Franc Gontier

Dicht beim Kamin, auf seidnem, weichen Pfühle
Ein satter, fetter Pfaffe geil sich reckt.
An ihn geschmiegt in lustigem Liebesspiele,
Sidonies glatter weißer Leib sich streckt.
Durchs Schlüsselloch hab ich sie just entdeckt,
So Tag und Nacht, ganz nackt und weinberauscht,
Beim Kichern, Kosen, Küssen oft belauscht.
Da dacht ich mir: Was würd ich dafür geben,
Wenn Gott mein bittres Los mit jenem tauscht'!
Nur wer im Wohlstand lebt, hat was vom Leben!

Wenn Franc Gontier mit seinem Weib Helene
In ländlichem Idyll sein Herz erquickt,
An Roggenfladen, Quark nur wetzt die Zähne
Und Knoblauch, Zwiebelduft ihn schon beglückt,
Wovon der Atem stinkt, daß man erschrickt –
Ich bin auf solche Sachen nicht erpicht!

Auch Liebe unterm Dornstrauch reizt mich nicht!
Wollt Gott ein Daunenbett mir jemals geben,
Wär ich nicht dumm, wenn ich darauf verzicht'?
Nur wer im Wohlstand lebt, hat was vom Leben!

Soll Schrotbrot kauen, Gersten-, Hafergrütze
Und Wasser schlucken Jahr um Jahr, wer mag!
Von hier bis Babylon wär mir nichts nütze
Das schönste Lerchenlied, denn keinen Tag
Hielt Vogelkost ich für ein Festgelag.
Mag Franc Gontier mit seinem Weibe auch
Sich lagern unterm Heckenrosenstrauch,
Mich lockt es nicht, armselig, gottergeben
Zu fronen auf dem Land nach Väterbrauch.
Nur wer im Wohlstand lebt, hat was vom Leben!

Herr, urteilt selbst! Versteht mich nicht verkehrt!
Was mich betrifft, so müßt Ihr Recht mir geben.
Als kleines Kind hat man mich schon gelehrt:
Nur wer im Wohlstand lebt, hat was vom Leben!

Lizenz ob ihrer Bibelkunde
Geb ich dem Schwatzweib de Bruyères
Und denen, die mit ihr im Bunde,
Zu predigen – außer Christi Lehre –,
Was allen Klatschen dienlich wäre:
Daß keine, die den Schnabel spitzt,
Die Toten mehr im Grabe störe,
Weil's auf dem Marktplatz besser nützt.

Beaulte damours

Ballade von den Frauen von Paris

Die Frauen aus Florenz, Venedig,
Die alten Schlampen wie die jungen,
Ob sie bemannt sind oder ledig,
Aus Rom, Turin, gehupft, gesprungen,
Sie haben alle fixe Zungen.
Gleichwohl, auch Genf, Savoyen wies
Kein Mundwerk auf, das Gott gelungen,
Wie das der Klatschen von Paris.

Die von Neapel sind geheißen
Gewißlich muntre Schwätzerinnen,
Wie die aus Deutschland und aus Preußen,
Wie Griechenfraun, Ägypterinnen,
Wie Spanierinnen, Ungarinnen.
Von allen aber, glaubt mir dies,
Kann keine schnattern, tratschen, spinnen
So wie die Klatschen von Paris.

Weit steht Britannien da zurücke,
Auch Lothringen in diesem Reigen.
Ein Klatschweib von der Kleinen Brücke
Bringt spielend allesamt zum Schweigen.
Bewundernd muß vor ihr sich neigen
Gar die Pikardin! Keine stieß
Jemals ins Horn – ich kann's bezeugen! –
So wie die Klatschen von Paris.

Nun, Fürst, so mag den Preis gewinnen,
Wer höchste Kunst im Klatsch bewies!
Sind's doch die Italienerinnen?
Nein! Nur die Klatschen von Paris!

Betrachte mal ein paar von ihnen,
Wenn sie in Kirchen, Klöstern knien.
Glaubst du, sie tun's, um Gott zu dienen?
Rutsch näher, halt die Löffel hin!
Da geht dir auf der tiefre Sinn
Von ihrer Babbelei im Nu.
Makrobius kennt sich aus darin,
Doch hier lernst du noch mehr dazu.

Item – drauf geb ich Brief und Siegel –
Dem würdigen Berg Montmartre sei
Vermacht zur Nutznießung der Hügel
Mont Valérien mitsamt Abtei.
Auch Ablaßzettel füg ich bei,
Aus Rom im voraus mitgebracht.
So steht der Zutritt Männern frei,
Die früher nicht daran gedacht.

Item erlaube ich den Knappen
Und Zofen aus vornehmem Haus,
Bei allerlei erlesnen Happen
Zu feiern nachts in Saus und Braus.
Nur zu! Sauft sieben Pinten aus!
Wenn alles dann in Schlaf verfiel,
Schleich ich mich ein wie eine Maus
Und wecke sie zum Eselsspiel.

Für keusche Jungfraun ohne Fehl,
Die noch bei Eltern, Tanten hocken,
Bleibt nichts! Denn alles, meiner Seel,
Ließ ich von andern mir ablocken.
Die armen Dinger sitzen trocken,
Gesetzt, sie nehmen nicht vorlieb
Mit dem, was noch an Liebesbrocken
Vom Tisch der Mönche übrigblieb.

Kartäusern, Zölestinern auch
Wie Jakobinern fehlt – ich wette! –
Nichts, was sie brauchen für den Bauch.
Doch Jungfern bäumen sich im Bette.
Wie quälen sich Jacqueline, Perrette
Und Ysabeau! Seht ihre Pein!
Vergönnt, daß man sie draus errette,
Verdammt sie nicht noch obendrein!

Margot, die dicke, macht dafür
Kein Hehl aus ihren süßen Trieben,
Und dennoch ist das gute Tier
– bei Gott! – ein Christenmensch geblieben.
Auf meine Art muß ich sie lieben,
Tät sie's nicht auch, wär's jammerschade.
Wer mal ein Ding will mit ihr schieben,
Verles ihr folgende Ballade:

Ballade von der Dicken Margot

Ich mag das Luder und ich halt zu ihr.
Bin ich deshalb ein Dummkopf oder Strolch?
Sie hat so was, das hat nicht jede hier,
Und diesen Schatz beschütz ich mit dem Dolch.
Ich lauf und hole Wein, kommt so ein Molch,
Stell Brot und Käse hin, wie's meine Pflicht.
Doch dann verschwinde ich und mucks mich nicht.
Und hat er gut bezahlt, sag ich: »Durchlaucht,
Kommt wieder, wenn Euch mal der Hafer sticht!
In unserm Puff kriegt jeder, was er braucht.«

Doch manchmal gibt es zwischen uns auch Streit,
Verdient Margot kein Geld und – streckt sich lang.
Dann werd ich wild und schnappe mir ihr Kleid,
Den Silbergürtel und den Überhang,
Um's zu verhökern. – Na, das gibt Gestank!
Die Arme stemmt sie ein, wird puterrot

Und schreit: »Das wage nicht! Bei Christi Tod!«
Dann hau ich ihr eins drauf, daß es so raucht,
Mit einem Stück, das sich mir grade bot. –
In unserm Puff kriegt jeder, was er braucht.

So gibt sie Ruhe, läßt ein Fürzchen bloß
Wie eine giftige Kröte, mit Geschnauf,
Verpaßt mir lachend einen leichten Stoß
Und sagt: »Gogo!« und knöpft den Latz mir auf.
Danach beginnt ein mächtiges Gesauf.
Wenn sie erwacht, treibt sie's erst recht verrückt
Und steigt auf mich, daß sie die Frucht nicht drückt.
Ich stöhne, fast zerquetscht und plattgestaucht.
Zum Schluß schlepp ich mich weg, lahm und gebückt.
In unserm Puff kriegt jeder, was er braucht.

Von Wind und Schnee bin ich nicht mehr gehetzt,
Ich habe Brot und Bett als Lude jetzt,
Leg keinen Wert drauf, ob die Welt das schätzt,
Lieb wie ein Kater, welcher untertaucht,
Ob's noch so stinkt, im schmutzigen Rattenloch.
Nicht Ehre such ich, denn sie flieht mich doch.
In unserm Puff kriegt jeder, was er braucht.

Item will ich Marion l'Ydolle
Und Jeanne de Bretagne gewähren
In ihren Puffs die Kupplerrolle,
Doch sollen dort die Schüler lehren.
Die Schilder könnte man entbehren,
Denn überall, in jedem Haus,
Steht ihr Geschäft in hohen Ehren,
Zu Meung im Kerker nur fiel's aus.

Item sei Noël Jolis beglückt,
Ihm will ich Weidenruten schenken,
Ein Bündel, das ich selbst gepflückt
Für ihn in gutem Angedenken.
Kann ihn die milde Gabe kränken?
Er kriegt sie nur, daß ihm Henri,
Um ihn zum Guten hinzulenken,
Zweihundertzwanzig überzieh.

Item, was soll fürs Siechenhaus,
Für die Spitäler ich verwenden?
Mit Späßen komm ich da nicht aus!
Will man die Not der Armen enden,
Muß jeder seinen Abfall senden.
Hab Mönchen eine Gans spendiert,
Muß hier zumindest Knochen spenden,
Daß jeder kriegt, was ihm gebührt.

Item für den Barbier, den Protz
Colin Galerne, hab ich geschlagen
Vom Eis der Marne einen Klotz.
Sollt Hitze ihn im Winter plagen,
Pack er das Eis sich auf den Magen.
Wenn er sich fleißig so kuriert,
Dann läßt sich schon im voraus sagen,
Daß er im Sommer auch nicht friert.

Die Findelkinder laß ich aus,
Muß die verlornen Söhne trösten.
In Marion l'Ydolles Haus
Treff ich sie alle wohl am ehsten.
Vor diesen auserlesnen Gästen,
Auch wenn sich keiner darum schert,
Geb ich dies Lehrgedicht zum besten,
Das letzte ist es, also hört!

Gute Lehre
für die verlorenen Söhne

Langfinger ihr, ich rat euch gut,
Daß ihr nicht wie die Raben klaut!
Die schönste Rose auf dem Hut
Verliert, wer nach Ruel sich traut
Und Montpipeau! Wahrt eure Haut!
Colin d'Cayeu lief da herum;
Sosehr auf Gnade er gebaut,
Man hing ihm doch die Schlinge um.

Das ist kein leichtes Spielchen, Kinder,
Geht's um den Leib und um die Seele!
Was nützt die Reue da dem Sünder?
Verliert er, fährt er in die Hölle.
Gewinnt er, kriegt er auf der Stelle
Gleich eine Dido drum serviert?
Was für ein törichter Geselle,
Der für ein Nichts so viel riskiert!

Ach, möchte mich doch jeder hören!
Der Spruch, bekannt nicht erst seit heut,
»Zapft man ein Faß an, muß man's leeren«
Gilt euch für jede Jahreszeit.
Habt ihr mal Geld, legt ihr's beiseit?
In alle Winde geht ihr's streuen,
Eh sich ein Erbe dran erfreut,
Denn unrecht Gut kann nicht gedeihen.

Ballade von der guten Lehre

Hochstapler, Hehler, Ablaßkrämer,
Halunken, die's zum Glücksspiel zieht,
Ob Zinker, ob Jetoneinnehmer
Und, die man fälschlich schwören sieht
Mit unverfrorenem Gemüt,
Die Strolche, die an Raub nur denken –
Wofür vertun sie den Profit?
Für Wein und Weiber in den Schenken.

Reimschmiede und Satirenschmierer,
Von denen man nur Lügen hört,
Das Volk der Gaukler, Musizierer,
Das rundum auf die Märkte fährt,
Mit Würfeln, Possenspiel sich nährt,
Mit Moritaten, dummen Schwänken –
Wofür wird ihr Gewinn verzehrt?
Für Wein und Weiber in den Schenken.

Verschmähst du solcherlei Berufe?
Werd Ackerknecht und pflüg das Feld,
Putz Pferde und beschlage Hufe,
So dir's an beßrer Bildung fehlt!
Doch was du erntest an Entgelt
Für Bast und Hanf und Forkenschwenken,
Vergeudest du wie alle Welt
Für Wein und Weiber in den Schenken.

Was ihr erafft an Geld und Gut,
Schmuck, Schuh, Gewänder aus den Schränken,
Vertut's, bevor ihr Schlimmres tut,
Für Wein und Weiber in den Schenken.

Doch wißt, Gefährten meiner Freuden,
Es geht um euer Glück und Heil!
Büßt nicht des Leibes Lust mit Leiden!
Eh euch ein schlimmer Tod ereil,
Eh schwarz, verdorrt ihr hängt am Seil,
Verpraßt nur das, was euer ist!
Seid nicht auf fremde Habe geil!
Bedenkt, wie ihr sonst enden müßt!

Den dreimal Hundert von Paris
Mit dem erblindeten Gesicht
– nicht von Provins, wo's überdies
Mehr wäre als nur meine Pflicht –
Schenk ich mein scharfes Augenlicht,
Doch unverhüllt, damit sie sehen,
Wer gut, wer schlecht, wer gibt, wer nicht,
Wenn sie am Friedhof bettelnd stehen.

Das ist kein Ort, wo man noch lacht.
Die Sucht, Reichtümer zu erjagen,
Auf Polsterbetten voller Pracht
Den Wanst mit Wein sich vollzuschlagen,
Nach Spiel und Tanz und Lustgelagen
Zu gieren voller Ungeduld,
Was war das wert? – Sinnlos zu fragen!
Am Ende blieb nur Sündenschuld.

Mich dünkt, wenn ich die Schädel sehe
Getürmt im Beinhaus berghoch schier,
Der da herabstarrt von der Höhe,
War zweifellos ein großes Tier,
Der unten dort – so scheint es mir –
Sein Brot als Lastenträger fand.
Doch gleich, was wir gewesen hier,
Der Tod kennt weder Rang noch Stand.

Als Fürstin prunkte einst im Leben
Die eine hier – doch jene stund
In Demut vor ihr, ganz ergeben,
Als Magd, mißachtet wie ein Hund.
Nun liegen sie in trautem Bund,
Nicht voneinander mehr zu trennen.
Wo sind die Titel, wer im Rund
Kann Herr und Meister sich noch nennen?

Gott sei mit ihren Seelen! Amen!
Die Körper faulten in der Erd.
Ob große Herren, schöne Damen,
Die nur vom Feinsten sich genährt,
Von Würmern ward ihr Fleisch verzehrt.
Die Knochen sind zu Staub zerfallen.
Sosehr sie Weltlust hat betört,
Vergib, o Jesu, ihnen allen!

Den Toten stift ich dies Legat,
Verkündet sei's auf allen Gassen
Den Schatzverwaltern jeder Stadt,
Den Herren, die die Geldgier hassen
Und selbst verdorrn, eh daß sie prassen:
Wer stirbt, dem winkt fortan das Glück,
Daß alle Schuld ihm wird erlassen
Von Gott wie von Sankt Dominik.

Jacquet Cardon, dem gäb ich gern
Was Gutes, wenn ich es nur hätte.
Ihn zu enttäuschen liegt mir fern,
Doch freut dies Liedchen ihn, ich wette.
Kläng's ähnlich wie die *Marionette,*
Die ich Marion gemacht, der dicken,
Vielleicht auch wie *Mach auf, Guillemette,*
Möcht's Mostrich-Mädchen selbst entzücken.

Chanson

Kehr ich zurück aus harter Haft,
Und büßte fast das Leben ein,
Sollt mir das Schicksal hold nicht sein,
Sagt selbst, da ich genug gestraft!
Statt daß es neue Qual mir schafft,
Sollt es nicht satt sein meiner Pein,
Kehr ich zurück?

Doch hört das Schicksal nicht mein Schrein,
Will's daß die Seel mir wird entrafft,
Dann, Gott, zeig deiner Güte Kraft
Und laß bei dir mein Wohnstatt sein,
Kehr ich zurück!

Item dem Stiftsherrn Pierre Lomer
Wünsch ich, daß Liebe ihm nie fehle.
(Ich, dessen Amme eine Fee,
Bin nicht mehr solche Feuerseele.)
Ob hundertmal er sich abquäle
Pro Nacht, es kost' ihn keine Nuß.
Ich gönne ihm die Bagatelle,
Ogier, dem Dänen, zum Verdruß.

Item schenk ich verschmähten Schönen
Anstatt der Lieder von Chartier
Ein Weihgefäß voll echter Tränen,
Das nachts an ihrem Bette steh,
Und, um zu sänftigen ihr Weh,
Als Wedel einen Rosenstrauch.
Gesetzt, sie beten laut Brevier
Für meine arme Seele auch.

Item erlaube ich Jacques James,
Der selbst sein Leben läßt für Geld,
Sich zu versprechen jeder Dame,
Doch nicht, daß er sich je vermählt.
Wozu er rafft, das weiß die Welt,
Für sich und seine Schweineställe,
Daß er darob ein Ferkel prellt,
Sei ihm verwehrt für alle Fälle.

Item den edlen Seneschall,
Der meine Schulden abgetragen,
Nehm ich als Schmied in meinen Stall,
Um Gänse, Enten zu beschlagen.
Als Trost in seinen Leidenstagen
Kriegt meine Lieder er zum Schluß!
Doch sollt Gesang ihm nicht behagen,
Dreh er sich draus ’nen Fidibus.

Item dem Chevalier du Guet
Will ich zwei hübsche Pagen geben,
Den Philebert, den Wanst Marquet:
Diensteifer ohne Widerstreben
Hat jeder fast ein Menschenleben
Dem Generalprofoß gezollt.
Doch barfuß gehen die Epheben,
Wenn sie verlieren ihren Sold.

Item Chappelain, er soll die Rente,
Die als Kaplan ich krieg, verzehren.
Bei seiner Art von Messe könnte
Die Lesung man fortan entbehren.
Mein Pfarramt wird er kaum begehren,
Seelsorge macht ihm sicher Grauen,
Der Lüstling will nur Beichten hören
Von hübschen jungen Kammerfrauen.

Jean de Calais – der meinen Namen
Zwar nie gehört, seit dreißig Jahren
Mich auch nicht sah –, streicht er zusammen
Dies Testament, soll er erfahren:
Ich werd ihm Achtung stets bewahren.
Er schneide raus, was schlimm und schlecht,
Ob Kern, ob Schale, nur nicht sparen!
Hierzu erteil ich ihm das Recht.

Wie er's glossiert und kommentiert,
Um jedes Pünktchen zu erklären,
Ob er was kürzt, ganz annulliert,
Ausschmückt, ich lasse ihn gewähren!
Ja, sollt den Sinn er ganz verkehren,
Weil er nicht einmal schreiben kann,
Nur zu, nur zu! Mich soll's nicht stören!
Ich schließ mich ihm in allem an.

Doch sollte einer meiner Erben,
Nachdem mich selbst der Tod ereilt,
Unabgefunden plötzlich sterben,
Hab ich Calais Befehl erteilt,
Das freie Erbe unverweilt
Auf andere zu übertragen.
Denn daß er selber danach geilt,
Daß läßt er wohl von sich nicht sagen.

In Saint-Avoie, in der Kapelle,
Will ich, daß man zu Grab mich trage
Und konterfeit an dieser Stelle
Nicht wie auf teurem Sarkophage
Gemeißelt – was ich untersage! –,
Mit Tinte nur meine Statur.
Ein Monument kommt nicht in Frage,
Denn es zerbricht den Boden nur.

Item will ich, daß gleicherweise
Man eine Grabschrift mir dort schreibe,
Genügend groß rundum im Kreise,
Mit Kohle nur! Daß man beileibe
Durch nichts den Wortlaut übertreibe
Noch gar die Fliesen ritzt mit Schmarren –
Und doch ein Stück Erinnrung bleibe
An einen guten armen Narren.

Epitaph

Hier ruht in Gott ein armer Narr,
Den Amors Pfeil warf in den Sand,
Ein kleiner, schäbiger Scholar,
Der sich François Villon genannt.
Sein eigen war kein Fußbreit Land.
Tisch, Bett und Brot, den Korb sogar,
Hin gab er alles, wie bekannt.
Ihr Herrn, bringt ihm dies Ständchen dar:

Rondeau

Gib Frieden, Gott, dem armen Gauch,
Gönn ihm das Licht der Himmelsauen!
Er hatte nie genug zu kauen,
Nicht Petersilie noch Lauch.
Kahl war sein Kopf, ohn Bart und Brauen,
Nackt wie ein Rettich anzuschauen.
Gib Frieden, Gott, dem armen Gauch!

Verbannt ward er nach strengem Brauch,
Fußtritte nur sein Steiß verspürte.
So heftig er auch appellierte,
Da war von Gnade kaum ein Hauch!
Gib Frieden, Gott, dem armen Gauch!

Item an meinem Todestag
Laß man die dicke Glocke schallen,
Das Teufelsding, von deren Schlag
Die Leute aus den Betten fallen.
Vor Wetternot – bekannt ist's allen –
Hat sie gewarnt oft Stadt und Land,
Wo Kriegsgefahr sich schien zu ballen,
Hat sie das Unheil abgewandt.

Vier Brote solln die Glöckner haben,
Auch sechse könnten sie wohl kriegen,
Mehr ist's, als je die Reichsten gaben,
Doch solln sie schwer wie Steine wiegen.
Volant möcht diese Arbeit liegen,
Acht Tage könnt er davon zehren.
Als zweiten würd ich mit Vergnügen
Jean de la Garde damit beehren.

Doch um dies alles auszuführen,
Muß ich Vollstrecker noch bestallen.
Mit solchen kann ich's nur riskieren,
Die nicht mit ihrem Mammon prahlen.
Wenn ihre Schuldner mal nicht zahlen,
Verzichten sie großzügig drauf.
Gleich sechse sind mir eingefallen,
Die brauchbar. – Schreiber, schreib sie auf!

Ad eins, als Kriminalrat wäre
Martin Bellefaye gewiß nicht schlecht.
Ad zwei, gäb ich sehr gern die Ehre
Sire Colombel, wenn er nicht dächt,
Daß ihm der Auftrag Schaden brächt.
Ad drei, müßt sich dazu bequemen
Michel Jouvenel, wenn es ihm recht.
Mehr sollt ich eigentlich nicht nehmen.

Gesetzt den Fall, daß alle kneifen,
Weil sie die Anfangsspesen scheun,
Und auf mein Anerbieten pfeifen,
Setz ich anstelle von den drein
Gern andre Ehrenmänner ein,
Wohnhaft allhier im selben Dreh,
Die meinen Nachlaß gut betreun:
Philippe Brunel und Jacques Raguier.

Jacques James ernenne ich als dritten.
Sie alle fürchten Gott so sehr,
Daß sie vor Schurkerein sich hüten.
Ihr Seelenheil gilt ihnen mehr.
Sie gäben selbst ihr Letztes her,
Eh daß Verrat sie an mir üben.
Sie kriegen keinen Kontrolleur
Und können walten nach Belieben.

Dem Testamentstreuhänder schenke
Nicht quid noch quod ich, keinen Floh!
Eh daß dies Pfäfflein ich bedenke
– sein Name ist Thomas Tricot –,
Sauf ich auf seine Kosten so,
Daß ich den Hut verlier vom Kopf.
Wär er nicht blöd wie Bohnenstroh,
Gäb ich *Perrettes Loch* dem Tropf.

Die Lichter und den Leichenwagen
Guillaume du Ru besorgen soll.
Die Testamentsvollstrecker tragen
Die Bahrtuchzipfel würdevoll . . .
Bin ich am End? – Noch nie so toll
Tat mir's in allen Haaren weh!
Zeit wird's, daß um Verzeihung wohl
Ich schleunigst noch die Welt anfleh.

Bitte um Verzeihung

Kartäuser, Zölestinerbrüder,
Die Bettler, Mucker, Ablaßbeter,
Die Mägde mit dem drallen Mieder,
Maulaffen, Huren, Pflastertreter,
Die Stutzer, welche ohn Gezeter
In Stiefeln stelzen, viel zu klein,
Ob liebeskrank, ob Schwerenöter,
Ich bitte sie, mir zu verzeihn.

Grisetten, die die Brüste zeigen,
Um leichter Männer zu verführen,
Die Gauner, die nach Beute äugen,
Die Strolche, die nur randalieren,
Narrn, die nach Narretei nur gieren
Und pfeifend ziehn in Sechserreihn,
Grünschnäbel, die rundum poussieren,
Ich bitte sie, mir zu verzeihn.

Nicht so die Polizistenschweine,
Die Tag und Nacht mich schmachten ließen,
Statt Brot vors Maul mir warfen Steine!
– heut fräß ich Dreck, sollt ich es müssen! –
Könnt ich mit Fürzen sie erschießen!
Doch sitz ich grad, drum kann's nicht sein,
Will auch von Streit jetzt nichts mehr wissen,
So bitt ich sie, mir zu verzeihn.

Man dresche ihre fünfzehn Rippen
Mit schweren Hämmern kurz und klein,
Mit Hellebarden, scharfen Hippen!
Doch bitt ich sie, mir zu verzeihn.

Schlußballade

Hiermit beschließt sein Testament
François Villon. Wenn dünn und zag
Vom Turm sein Sterbeglöckchen tönt,
Komm zum Geleit herbei, wer mag,
Doch nur im purpurroten Frack!
Zermartert an der Liebe Pfahl,
Starb er – und fluchte seinem Sack,
Eh er verließ dies Jammertal.

Glaubt mir, er fluchte nicht zum Spaß!
Fürwahr, zutiefst ward er verletzt!
Die er geliebt, hat ihn aus Haß
Wie einen Strolch hinausgesetzt,
Wie einen Hund umhergehetzt.
Wer zählt bis Roussillon die Zahl
Der Dornen, die sein Wams zerfetzt,
Eh er verließ dies Jammertal!

Nur Lumpen trug der arme Gauch,
Da sterbend er ins Dunkel kroch.
Als ihm entfuhr der letzte Hauch,
Trieb ihn die Lust noch einmal hoch,
Stach ihn der Liebe Stachel noch
Ins Fleisch wie eines Degens Stahl
– ein Wunder schier und Wahrheit doch! –,
Eh er verließ dies Jammertal.

Ein edler Falke biß ins Gras.
Doch wißt ihr, wie er sich empfahl?
Vom Roten trank er noch ein Glas,
Eh er verließ dies Jammertal.

Gelegenheitsgedichte

Ballade vom guten Rat

Ihr Sündenböcke, seid ihr bei Verstand,
Ihr Taugenichtse, wider beßres Wissen
Wagt ihr zu wandeln an des Abgrunds Rand,
Habt Rang und Stand, von Leichtsinn hingerissen,
Achtlos, waghalsig über Bord geschmissen,
Verwirkt für einen schlimmen Tod! – Bedrängt
Euch das Gewissen nicht? – Merkt doch, bedenkt,
Wie schauderhaft in Schande ihr geraten!
Manch junger Liedrian am Galgen hängt
Ob seiner Räubereien und Freveltaten!

So seht doch endlich euren Irrweg ein!
Geduld nehmt an, laßt ab von Rachgelüsten!
Begreift: Die Welt wird stets ein Kerker sein!
Wie sinnlos ist's, darob sich zu entrüsten!
Bezwingt den Zorn, zeigt euch als brave Christen!
Glaubt nicht, daß Plündern, Morden Heil euch bringt!

Wer Gott nicht ehrt, im Selbstbetrug versinkt!
Wer sich nicht scheut, im Sündenpfuhl zu waten,
Gebt acht, daß er nicht einst die Hände ringt
Ob seiner Räuberein und Freveltaten!

Was hilft euch Falschspiel, List und Heuchelei,
Was Betteln, Schwindeln und Meineide schwören,
Giftmischen, Schabernack, Betrügerei,
Wenn Schuldbewußtsein, Angst den Schlaf euch stören,
Mißtrauisch alle euch den Rücken kehren?
Drum sag ich: Bessert euch und seid belehrt!
Faßt Mut! Gott hilft euch, wenn ihr euch bekehrt,
Eh in des Henkers Hände ihr geraten,
Eh euren Eltern Kummer widerfährt
Ob eurer Räuberein und Freveltaten!

Verharrt in Frieden, brecht vom Zaun nicht Streit!
In Eintracht wirke alt und jung allzeit!
Liebt das Gesetz, beugt euch den Postulaten!
Lebt, wie es uns im Römerbrief geraten!
Ordnung muß sein! Laßt ab von Haß und Neid.
Nie mehr bedroht sei Ruh und Sicherheit
Durch eure Räuberein und Freveltaten!

Ballade von den Sprichwörtern

Die Ziege grast so lang, bis sie krepiert,
Zum Wasser geht der Krug, bis er zerbrochen,
Das Erz erhitzt man, bis es glühend wird,
Und schmiedet's, bis es splittert wie ein Knochen.
Man wird geehrt und schon verpönt nach Wochen,
Man geht drauflos und merkt, man ging zu weit,
Man scheut kein Urteil, bis es ausgesprochen,
Man spielt so lang verrückt, bis man's bereut.

Man schwätzt so lang, bis man sich widerspricht,
Ruhm währt so lang, wie er mit Gunst verbunden,
Versprechen gelten nur, bis man sie bricht.
Man betet, bis Erhörung man gefunden,
Erstrebtem nur pflegt Lob man zu bekunden,
Man jagt ihm nach wie einer Seltenheit,
Hat man's besessen, ist der Reiz entschwunden,
Man spielt so lang verrückt, bis man's bereut.

Man liebt den Hund, solang er wenig frißt,
Man lernt ein Lied und mag's dann nicht mehr hören,
Man speichert Obst, das fault, weil man's vergißt,
Man stürmt die Stadt, nur um sie zu zerstören.
Man säumt, bis sich die Schwierigkeiten mehren,
Man hetzt sich ab und stößt auf Widrigkeit,
Man hält was fest und kann's dann leicht entbehren,
Man spielt so lang verrückt, bis man's bereut.

Man scherzt, bis keiner mehr darüber lacht,
Man hängt an was, bis man das Hemd verloren,
Man hat Kredit, bis man Bankrott gemacht,
Nur dem, was Aussicht hat, bleibt man verschworen,
Man zeigt sich fromm nur hinter Kirchentoren,
Man leiht so lange, wie's der Brauch gebeut,
Man trotzt dem Wind, bis man im Sturm erfroren,
Man spielt so lang verrückt, bis man,s bereut.

Fürst, manch ein Narr läuft immer nur im Kreise
Hin und zurück und wird doch nicht gescheit.
Erst wenn er mürbe ist, dann wird er weise.
Man spielt so lang verrückt, bis man's bereut.

Ballade vom nichtssagenden Gerede

Ich kann im Rahm das Fliegenei,
Am Rock den Stand des Manns erkennen,
Als ob ich ein Wahrsager sei.
Kann alle Apfelsorten nennen
Und jeden Baum am Harz erkennen,
Weiß Ähnlichkeit, Gleichheit zu finden
Und Fron von Müßiggang zu trennen.
Mich selbst nur kann ich nicht ergründen.

Ich weiß, welch Wams im Koller steckt,
Die Kutte zeigt mir, welch ein Glaube,
Der Knecht, wem er die Stiefel leckt.
Nonnen erkenn ich an der Haube,
Und am Jargon, wer lebt vom Raube,
Den Narrn am satten Wohlbefinden,
Am Faß erkenn ich schon die Traube.
Mich selbst nur kann ich nicht ergründen.

Ich weiß, was Pferd, was Maultier heißt,
Erkenn an ihrer Last ihr Leiden,
Ich weiß, wie man die Würfel schmeißt,
Vision und Traum weiß ich zu scheiden,
Beates Schmerz und Lieschens Freuden,
Weiß von der Ketzer Fehl und Sünden,
Roms Macht und Rache an den Heiden.
Mich selbst nur kann ich nicht ergründen.

Fürst, alle Tiefen, alle Höhen,
Erröten kenn ich und Erblinden.
Ich hab dem Tod ins Aug gesehen.
Mich selbst nur kann ich nicht ergründen.

Ballade von den widersinnigen Wahrheiten

Nur Hunger macht uns arge Pein,
Der Feind nur zeigt sich dienstbereit,
Nur Heu ist gut zum Wiederkäun,
Durch Schlaf beweist man Wachsamkeit,
Mildherzigkeit bricht jeden Eid,
Der Feigling nur verdient Vertraun,
Kein Glaube, den man nicht bereut,
Allein auf Liebe kann man baun.

Begattung nur im Bad gelingt,
Ruhm erbt man erst durch Acht und Bann,
Ein Faustschlag nur zum Lachen zwingt,
Schulden bezahlt kein kluger Mann.
Der Schmeichler nur echt lieben kann,
Pechvögel nur nach Glück ausschaun,
Nur Lüge kündet Wahrheit an,
Allein auf Liebe kann man baun.

Nur wer sich sorgt, schläft ungestört,
Zu Ehren kommt, wer andre schmäht,
Man preist nur an, was ohne Wert,
Gesund ist, wessen Wanst sich bläht,
Wer zaudert, Willenskraft verrät,
Zärtlich sind nur stupide Fraun,
Vom Hitzkopf nur gut Rat ausgeht,
Allein auf Liebe kann man baun.

Damit den wahren Sinn ihr wißt:
Va banque spielt nur, wer süchtig ist,
Wahrheit braucht Ironie und List,
Der Tapfre nur kennt Furcht und Graun.
Am Mißklang Harmonie man mißt,
Allein auf Liebe kann man baun.

Ballade wider die Verleumder Frankreichs

Von Bestien angefalln, die Feuer spein,
Gleich Jason, als dem Goldnen Vlies er nah,
Sieben Jahr zum Ochsen soll verwandelt sein,
Wie es Nebukadnezar einst geschah,
Im Krieg zerschmettert, elend soll er sterben,
Wie Trojas Volk um Helena verderben,
Verschmachten hilflos wie einst Tantalus
Und wie Proserpina im Hadesfluß,
Gleich Hiob an der Pest unheilbar kranken,
Gefoltert sein im Turm wie Dädalus,
Wer übel spricht vom Königreich der Franken.

Vier Monde tauchen im morastigen Teich,
Rohrdommeln gleich, daß dumpf sein Ruf verklingt,
Verkauft sein soll er einem Wüstenscheich,
Der ihn ins Joch wie einen Büffel zwingt,
Wie Magdalena dreißig Jahre büßen

Soll er, entblößt, das Hemd vom Leib gerissen,
Ersaufen wie dereinst Narziß, der Narr,
Wie Absalom soll hängen er am Haar,
Wie Judas reuig selbst zum Strang hinwanken,
Zerbrechen wie der Zaubrer Simon gar,
Wer übel spricht vom Königreich der Franken.

Wär nicht die Zeit des Oktavian vorbei,
Vollgießen möcht man ihm mit Gold den Bauch,
Mühlsteine sollten mahlen ihn zu Brei,
So wie zerrieben ward Sankt Viktor auch,
Ins Meer gestürzt, soll ihn die Flut verschlingen,
Kein Wal soll ihm wie Jonas Rettung bringen.
Phöbus verwehre ihm der Sonne Strahl,
Juno und Venus ihrer Freuden Mahl,
Mars schlag zum Krüppel ihn mit Eisenpranken,
Verbrannt sein soll wie einst Sardanapal,
Wer übel spricht vom Königreich der Franken.

Gejagt von Äolus und seiner Schar
In Glaukus' Wald, wo, jeder Hoffnung bar,
Unstet und friedlos er umher muß wanken,
Sei aller Würde ledig immerdar,
Wer übel spricht vom Königreich der Franken.

Rondeau

Jenin l'Avenu,
Geh ins Schwitzbad schwitzen!
Spare dir die Müh,
Jenin l'Avenu,
In lauwarmer Brüh
Blöd im Trog zu sitzen!
Du verdrecktes Vieh,
Geh ins Schwitzbad schwitzen!

Ballade
für die Preisbewerbung zu Blois

Ich sterb verdurstend an des Brunnens Rande,
Ich glühe, und die Kiefer klappern mir,
Als Fremdling fühl ich mich im eignen Lande,
Frostschauer packt mich vor der Ofentür,
Nackt wie ein Wurm, glanzvoll ich präsidier,
Lach unter Tränen, warte hoffnungslos,
Trost find ich nur in der Verzweiflung Schoß,
Spiel ich vergnügt, fällt Gähnen gleich mich an,
Machtlos bin ich und dünk mich dennoch groß,
Ich, gern gesehn, verjagt von jedermann.

Nichts ist mir sichrer als das Ungewisse,
Verhüllt bleibt mir, was allen offenbar,
Weiß mich im Recht und hab Gewissensbisse,
Erkenntnis heiß ich, was nur Wahnbild war,
Gewinner stets, Verlierer immerdar,
Fleh ich schon morgens: »Herr, gib gute Nacht!«

Zu fallen fürcht ich, streck ich aus mich sacht,
Reich fühl ich mich, wenn alles mir zerrann,
Als Erbe, wo kein Mensch mir was vermacht,
Ich, gern gesehn, verjagt von jedermann.

Ich sorg mich nicht und strebe doch nach Schätzen,
Die mir nicht zustehn laut Gesetz und Recht,
Wer Gutes von mir spricht, will mich verletzen,
Wer offen redet, dünkt mich falsch und schlecht.
Mein Freund ist, wer mich glauben machen möcht,
Daß weiße Schwäne schwarze Raben sind,
Daß, wer mich schädigt, mir zur Seite stünd.
Was wahr, was Lüge, ficht mich nicht mehr an,
Was ich erfahren, werf ich in den Wind,
Ich, gern gesehn, verjagt von jedermann.

Mein gnädiger Fürst, verschließt nicht Euer Ohr,
Weiß ich auch viel, so blieb ich doch ein Tor,
Spott ich der Macht, erkenn ich sie doch an!
Gönnt mir den Unterhalt, den ich verlor,
Ich, gern gesehn, verjagt von jedermann.

Bittgesuch an den Herzog von Bourbon

Mein Fürst und Herr, gestreng und doch gerecht,
Der Lilien Sproß von königlichem Blute,
Verzeiht, wenn sich François Villon erfrecht
– zu arg gezüchtigt von des Schicksals Rute –,
Euch anzugehn also mit frevlem Mute
Durch diesen Brief, daß Ihr ihm etwas leiht.
So Ihr auf Zinsen nicht versessen seid,
Dürft Ihr ihm traun! Er wird Euch nicht düpieren.
Auf jeden Fall gibt er Euch Sicherheit.
Ihr würdet nur die Wartezeit verlieren.

Nicht einen Heller sah man borgen ihn
Sich anderswo! Euch dient er nur! Indessen
Sind die sechs Taler, die Ihr ihm geliehn,
Längst aufgebraucht, fürwahr, allein fürs Essen.
Die zahlt er dann gleich mit! Nichts wird vergessen!
Das ist nicht schwer! Denn bei Patay im Wald

Sind reif die Eicheln und Kastanien bald.
Und kann man zum Verkauf sie offerieren,
Dann rollt das Geld! Dann wird zurückgezahlt!
Ihr würdet nur die Wartezeit verlieren.

Wenn einem Wuchrer aus der Lombardei
Er die Gesundheit gut verkaufen könnte!
Geldmangel macht ihm so viel Schererei,
Daß er – bei Gott! – von ihr selbst gern sich trennte.
Wie lang er sich nach ein paar Kreuzern sehnte!
Zwar sieht er Kreuze viel aus Holz und Stein,
Goldkreuzer aber retten ihn allein!
Doch muß er leer ums Wams den Gürtel schnüren.
Wollt Ihr ihm solche guten Kreuzer leihn,
Ihr würdet nur die Wartezeit verlieren.

O Lilienfürst, zum Wohltun stets bereit,
Bedenkt mein Elend, meine Bitterkeit,
Sollt dies Ersuchen zum Erfolg nicht führen!
Erhört mich, helft mir, wenn es geht, noch heut!
Ihr würdet nur die Wartezeit verlieren.

Des Bittgesuchs Beschluß

Ihr Lettern, auf! Eilt schnell dahin!
Mit tausend Füßen losgesprungen!
Verkündet es mit tausend Zungen,
Wie arm, wie bettelarm ich bin!

Zueignung für Maria von Orleans

Schon ein neues Geschlecht
entsteigt dem erhabenen Himmel.

Dir, holdes Wesen, Lob und Preis!
Du Himmelsbotin, hochgeehrt,
Der edlen Lilie würdig Reis,
Von Jesus Christus uns beschert,
MARIE, du Name, rühmenswert
Als Quell der Gnade, uns beschieden
Zur Freude, die den Trost gewährt,
Daß Friede endlich wird hienieden.

Ja, Friede – laßt uns dies bedenken! –,
Ihm dankt der arme Mann sein Brot,
Doch stets noch war er von den Ränken
Der reichen Wucherer bedroht.
Wie sehr war uns dein Kommen not,
Du Hochgeborne, frei und rein
Von Sündenschuld! Dich gab uns Gott,
Um unser Hort und Heil zu sein.

O Name, neu dem Volk erstanden
Als Schutz den Guten vor den Bösen!
Du Erstgeborne eines Granden,
Der mild und gütig stets gewesen,
Aus Clodwigs hehrem Stamm erlesen,
Du Bild der Himmelskönigin,
Erschienen, um uns zu erlösen
Als Freud- und Friedensspenderin!

In Liebe und Ergebenheit
Nahm dich der Fürst von Gott entgegen,
Und klein und groß hieß voller Freud
Willkommen dich auf allen Wegen.
Ja, Gott erschuf dich uns zum Segen,
Um zu beenden Haß und Neid,
In deine Hand ihr Schicksal legen,
Die noch in Kerkern schmachten heut.

Zwar mancher ist nicht recht gescheit
Und spricht der Güte Gottes Hohn.
In simpler Unbesonnenheit
Meint er, statt deiner wär ein Sohn
Ein beßrer Anwalt auf den Thron.
Ich aber glaub an Gottes Plan,
Von ihm erhoff ich beßren Lohn.
Was Gott tut, das ist wohlgetan.

Drum dank ich Gott wie der Psalmist:
O Herr, du hast mich hoch erfreut
Mit deinem Werk! Gekommen ist
Dies edle Kind zur rechten Zeit
Als Göttin der Barmherzigkeit
– wie Himmelsmanna –, voller Huld
Wohltat zu spenden weit und breit,
Uns zu befrein aus Not und Schuld.

Doppelballade

Oft las ich das bekannte Wort:
Als Feind betrachte, wer dich dreist
– und unbefugt an jedem Ort –
In deinem Beisein lobt und preist.
Jedoch was gilt ein edler Geist,
Zeigt er nicht auch Bekennermut
Für das, was wahre Tugend heißt.
Gelobt sei, was gerecht und gut!

Was tat der Täufer Sankt Johann,
Der Christus einst Lamm Gottes hieß?
Mir scheint, kein Frevel war daran,
Als er vorm Volk ihn also pries.
Andreas überzeugte dies,
Da er, erfüllt von Glaubensglut,

Zur Schar der Jünger Jesu stieß.
Gelobt sei, was gerecht und gut!

Du, die uns Gottes Sohn geschenkt,
Sieh an der Armen Elendszug!
Sie frevelten, von Not bedrängt,
Bis Strenge sie zu Boden schlug.
Ich selbst erfuhr dies oft genug.
Nimm du mich nun in deine Hut!
Gesegnet, die im Schoß dich trug!
Gelobt sei, was gerecht und gut!

Fürwahr, vor Gott muß ich gestehen:
Ich stand schon vor des Todes Toren,
Doch Gnade sollt vor Recht ergehen,
Da Gott dich mir zum Heil erkoren.
Getröstet ist und neu geboren,
Der schon vergossen sah sein Blut,
Der seinen Kopf schon gab verloren.
Gelobt sei, was gerecht und gut.

Dir zu gehorchen, stets beflissen,
Laß ich mich von Vernunft nun leiten
Nach bestem Können und Gewissen.
Kein Leid kann mir noch Furcht bereiten,
Dein bin ich, und das will bedeuten:

Mein Glück und Heil auf dir beruht.
Dank schuld ich dir zu allen Zeiten.
Gelobt sei, was gerecht und gut!

O Huld und Gnade, unermeßlich,
Die uns den Frieden hilft gewinnen,
Hochherzige Güte, unvergeßlich,
Die unsre Frevel nimmt von hinnen.
Dich will ich preisen ohn Besinnen.
Undankbar wär's, nicht frohgemut
Stets neu den Kehrreim zu beginnen:
Gelobt sei, was gerecht und gut!

Prinzessin, ja, ich weiß, ich wäre
Nichts ohne Euren Edelmut.
Versagt mir nicht, daß ich Euch ehre!
Gelobt sei, was gerecht und gut!

Werk Gottes, wert, daß man dich preist,
Wo ist ein Wesen, das zum Leben
Erweckt ward, dem an Leib und Geist
So edle Gaben Gott gegeben!
Dir ist bestimmt, dich zu erheben
Wie ein Rubin ob dieser Zeit.
Schon Cato schrieb: *Die Kinder streben*
Dem Vater nach. – Das gilt auch heut.

Du sichrer Hafen, fester Halt,
Mein schwankes Schifflein zu umhegen!
Als wärst du dreißig Jahr schon alt,
Kein töricht Tun kann dich erregen.
Wagt jemand Einspruch gar dagegen,
Ein Sprichwort gibt's, das mir's beweist:
»Der Mutter geistiges Vermögen
Begründet auch des Kindes Geist.«

Draus folgt: *Ich hab zu Recht fürwahr*
Ein neu Geschlecht in dir erkannt.
Dem Dichter wurde offenbar:
Vom Himmel bist du uns gesandt.
Kassandras Geist in dir ich fand,
Die Schönheit Echos, Judiths Seele,
Lukretias, Didos stolzen Stand,
Du, meine Herrin, sonder Fehle.

Gott gebe dir ein langes Leben
Und gute Tage ungezählt!
Mich, der dich liebt, mög er entheben
In Zukunft allem Neid der Welt.
Dir treu zu dienen, ungeschmält,
Hochedle Jungfrau, immerdar,
So lange, wie es Gott gefällt,
Gelobt François dir, der Scholar.

Sendschreiben

Erbarmt euch mein, schenkt euer Mitleid mir,
Ich bitt euch, Freunde, wenigstens um dies!
Lieg ich gebettet unter Maien hier,
In dieser Gruft, in die mich grausam stieß
Ein Mißgeschick, das Gott geschehen ließ?
Ihr Mädchen, Burschen, die ihr liebt und lacht,
Ihr Gaukler, die ihr Purzelbäume macht,
Auf Zehenspitzen euch wie Kreisel dreht,
Mit Schellen klappert, lärmt bei Tag und Nacht,
Helft, helft Villon, der hier zugrunde geht!

Kneipbrüder, die ihr plärrt, was euch gefällt,
Tollheiten nur zu treiben euch erkeckt,
Herumflaniert, im Sack kaum falsches Geld,
Sagt mir, wo hat sich euer Witz versteckt?
Säumt ihr noch lang, dann ist Villon verreckt!
Statt daß ihr Verse macht, Motetten singt,

Schafft Glühwein her, eh ihn der Tod bezwingt
In diesen Mauern, wo kein Windhauch weht,
Kein Sonnenstrahl in seine Blindheit dringt.
Helft, helft Villon, der hier zugrunde geht!

Kommt, seht, wie elend und verzagt er ist,
Ihr Herrn, die ihr, von allem Zins befreit,
Nicht Kaiser oder König dienen müßt,
Nur Gott, ob eurer eignen Seligkeit!
Sonntags und dienstags hat er Fastenzeit,
Die Zähne macht's ihm lang wie Rechen schier.
Dann schlingt er trocknes Brot in irrer Gier,
Säuft Wasser eimerweis von früh bis spät,
Am Boden hockend wie ein wildes Tier!
Helft, helft Villon, der hier zugrunde geht!

Ihr alle, die um Hilfe ich anrief,
Erwirkt vom König einen Gnadenbrief!
Zieht raus mit einem Korb mich, eh's zu spät!
Macht's nicht wie Schweine, die – liegt eins im Dreck
Und quiekt – in wildem Haufen laufen weg!
Helft, helft Villon, der hier zugrunde geht!

Der Wortstreit zwischen Villons Herzen und Leib

Wer da? Wer klopft so zaghaft? – Ich bin's! – Wer?
– Dein Herz, das nur an einem Faden hängt.
Bin ohne Kraft und Mut, schlag matt und schwer,
Weil du so einsam bist, hilflos, gekränkt
Und in die Ecke wie ein Hund gedrängt.
– Warum? – Kannst dein Gelüsten nicht besiegen!
– Was geht's dich an? – Ich trag dein Mißvergnügen!
– Laß mich in Ruh! – Wozu? – Ich überlege!
– Wann wirst du klug? – Im Alter wird sich's fügen!
– Ich sag nichts mehr! – Und ich geh meiner Wege.

Du überlegst? – Ich bin nicht jedermann!
– Zählst dreißig Jahr. Kein Esel lebt so lang.
Bist du ein Kind noch? – Nein. – Wahnsinn ists dann,
Was dich ergriff! – Ergriff? Droht mir der Strang?
– Du bleibst doch blind! – Die Fliege, die nur trank
Vom Rahm, kann schwarz und weiß noch unterscheiden!

– Ist das genug? – Laß Grobheit mich vermeiden!
Willst du, daß ich noch mehr ins Zeug mich lege?
– Du gehst bankrott! – Nicht kampflos werd ich's leiden!
– Ich sag nichts mehr! – Und ich geh meiner Wege.

Ich trag die Trauer, dich zerquält dein Leid.
Du müßtest ein Idiot, ein Schwachkopf sein,
Dann wär es billig, daß man dir verzeiht.
Doch weißt du wohl, was edel, was gemein,
Und pfeifst darauf. Dein Kopf ist hart wie Stein!
Statt Ehre scheint dich Schande zu ergötzen!
Was kannst du diesem Schluß entgegensetzen?
– Unwichtig wird's, wenn ich ins Grab mich lege!
– Gott, welch ein Trost! So klug daherzuschwätzen!
Ich sag nichts mehr! – Und ich geh meiner Wege.

Wie kam's dazu? – Saturn lud Unglück ein
Ins Lebensbündel mir zu meinem Fluch.
– Des Schicksals Herr, nicht Sklave sollst du sein!
Ein Narr beruft sich auf des Schicksals Spruch!
Lies nach bei Salomon im Heiligen Buch!
»Dem Weisen«, sagt er, »ist die Kraft gegeben,
Selbst der Gestirne Macht zu widerstreben!«
– Ich bin, was sie aus mir gemacht, und hege
Auch keine Hoffnung, anders je zu leben!
– Ich sag nichts mehr! – Und ich geh meiner Wege.

Willst du denn leben? – Gott wird Kraft mir schenken!
– Dann mußt du . . . – Was? – An wahre Buße denken!
Lies Gottes Wort! Zur Weisheit wird's dich führen!
Laß gehn die Narrn! – Glaub, daß ich's überlege!
– Vergiß es nicht! – Ich werd es mir notieren.
– Tu's gleich. Du könntest sonst die Lust verlieren!
Ich sag nichts mehr! – Und ich geh meiner Wege.

Das Glücksproblem

Fortuna werd von Weisen ich genannt,
Als Mörderin willst du, François, mich schmähen,
Du, der als rühmlich keinem noch bekannt!
Beßren als dir ließ Schlimmres ich geschehen!
Im Steinbruch ließ ich sie zugrunde gehen!
Wenn du in Schande lebst, ziemt dir's zu klagen?
Nahm ich so hart nur dich allein beim Kragen?
Sieh, was ich tat seit Anbeginn der Zeit
Manch edler Held kam elend um im Streit,
Dagegen bist du nichts als ein Gestank!
Mit Ungeduld kommst du bei mir nicht weit!
Schweig still, Villon! Nimm alles hin mit Dank!

Ich strafte Könige nicht minder schwer.
Fern ist die Zeit, die Sagen schon umweben,
Da Priamus erlag mit seinem Heer!
Nicht Turm noch Mauer konnten Schutz ihm geben.
Und Hannibal? Auch er blieb nicht am Leben.

Das Los, das in Karthago ihn ereilte,
Wie bald es Scipio mit dem Feinde teilte!
Gab dem Senat ich Cäsar in die Hand,
So starb Pompejus im Ägypterland.
Schlimm ging es Jason, der im Meer ertrank,
Und schlimm den Römern, die mit Rom verbrannt!
Schweig still, Villon! Nimm alles hin mit Dank!

Held Alexander watete im Blut,
Griff nach den Sternen schon mit gierigen Krallen;
Durch Gift trieb ich ihm aus den Übermut!
Alphaxad ließ ich in der Feldschlacht fallen
Auf seiner Fahne. – So mach ich's mit allen ...
. . . .
. . . .
Der Heide Holofernes ward zur Nacht
Im Zelt von Judith schlafend umgebracht
Mit einem Dolch, der jäh ins Herz ihm drang.
Am Ast hing Absalom, eh er's gedacht!
Schweig still, Villon! Nimm alles hin mit Dank!

Bedenk es gut, dann wirst du mich verstehn.
Von deiner Art wär hier nichts mehr zu sehn,
Könnt ohne Gott ich schalten frei und frank.
Zehnfache Strafe gäb's für ein Vergehn!
Schweig still, Villon! Nimm alles hin mit Dank!

Vierzeiler

Franzose bin ich – nicht zum Spaße! –,
Stamm aus Paris, nah bei Pontoise,
Werd ich am Galgen hochgezogen,
Weiß ich, wie schwer mein Arsch gewogen.

Villons Grabinschrift

Ihr Menschenbrüder, die ihr nach uns lebt,
Laßt nicht verhärten euer Herz zu Stein!
Wenn ihr Erbarmen habt und uns vergebt,
Wird Gottes Huld euch selbst einst sicher sein.
Fünf, sechs hat man gehenkt hier im Verein.
Längst ist der Leib, den wir gepflegt, genährt,
Entblößt von Fleisch; die Zeit hat es verzehrt,
Bald sind die Knochen auch zu Staub zerfallen.
Verlacht uns nicht! Wer weiß, was euch beschert!
Kniet hin und betet: »Herr, vergib uns allen!«

Wenn wir euch rufen, Brüder, dürft ihr nicht
Mißachten unser Flehn und Wehgeschrei,
Ob auch zu Recht uns strafte das Gericht!
Ach, keiner ist von Leidenschaften frei!
Fürbitte tut, damit uns gnädig sei
Mariens Sohn, daß, wenn der Leib versinkt,

Der Seele doch dereinst Erlösung winkt,
Daß wir der Hölle nicht zum Opfer fallen,
Der Jüngste Tag uns nicht zum Zittern bringt!
Kniet hin und betet: »Herr, vergib uns allen!«

Gepeitscht von Regengüssen, Hagelschlag,
Gedörrt von Sonnenglut und schwarz gesengt,
Haar, Brauen, Bart von Raben Tag um Tag
Gerupft, die Augen ausgehackt! Bedenkt,
Wie wir geschlottert, hin und her geschwenkt
Vom Wind, der nie in seinem Spiel geruht!
Gedellt die Haut gleich einem Fingerhut,
Zerpickt von Schnäbeln und zerfetzt von Krallen!
Bleibt ferne unsrer Zunft! Ich rat euch gut!
Kniet hin und betet: »Herr, vergib uns allen!«

Fürst Jesu, unser Herr, nimm uns in Hut,
Bewahr uns vor der Hölle Flammenglut,
Laß uns nicht büßen unser Erdenwallen.
Hier muß verstummen Spott und Übermut!
Kniet hin und betet: »Herr, vergib uns allen!«

Frage an den Kerkermeister

Nun sag, Garnier, war mein Appell
Wahnwitzig oder wohlbedacht?
Kein Tier gibt schweigend her sein Fell,
Es zetert, eh man's umgebracht,
Und zappelt, bis sich's frei gemacht.
Als man mir Mores wollte geigen
Aus Willkür nur und Niedertracht,
Warum, zum Teufel, sollt ich schweigen?

Wär wie Hugo Capet auch ich
Ein Metzgersohn, längst wär ich frei!
Kein Schinderknecht dort hätte mich
So mitleidlos zerquetscht zu Brei.
Du selbst kennst Kniffe mancherlei,
Konnt ich mich einem Richtspruch beugen,
Der auch nur Spiegelfechterei?
Warum, zum Teufel, sollt ich schweigen?

Ja, dachtest du, es säße mir
Nicht unterm Käppchen so viel Witz,
Um aufzuschrein: »Ich appellier!«
Hab Witz genug, daß ich mich schütz,
Wenn ich ihn auch nicht immer nütz!
Doch holt man den Notar zum Zeugen
Und spricht: »Du wirst gehenkt!«, potz Blitz,
Warum, zum Teufel, sollt ich schweigen?

Hätt ich im Hirn gehabt die Seuche,
Wär ich längst tot und könnt nur steigen
Aus Chlotars Grab als Vogelscheuche.
Warum, zum Teufel, sollt ich schweigen?

Lobpreisung des Gerichts

Ihr alle meine Sinne: Augen, Ohren,
Mund, Nase und, was mir Gefühl verleiht,
Ihr Glieder, denen Sünde angeboren,
Bekundet laut mit frommer Dankbarkeit:
»Erhabenes Gericht, du hast bis heut
Uns hier behütet vor des Henkers Schlingen.
Die Zunge reicht nicht aus, um darzubringen
Dir, Tochter Gottes, Ruhm und Preis und Ehre,
Dir, Mutter der Gerechten, Lob zu singen,
Du edle Schwester gnädiger Engelchöre!«

Herz, öffne dich, und mußt du dich durchbohren
Selbst mit dem Spieß, spring, wie der Fels aufsprang
Im Wüstensand, wo fast vor Durst verloren
Das Judenvolk, bis satt am Quell sich's trank!
So strömt, ihr Tränen, hin, um meinen Dank
In tiefer Demut seufzend zu bekunden!

Erhabenes Gericht, das Gott verbunden,
Dir, Mutter der Gerechten, Ruhm und Ehre,
Du bists, durch die wir Glück und Trost gefunden,
Du edle Schwester gnädiger Engelchöre!

Ihr meine Zähne, wackelt ihr auch alle,
Springt vor, und klappernd euren Dank gebracht!
Daß es wie Orgelklang, wie Glocken schalle,
Seid nicht wie sonst aufs Kauen nur bedacht!
Bedenkt, wie lang ich lag erstarrt im Schacht!
Milz, Lunge, Leber, die noch atmend pochen,
Geschundner Leib, der aus dem Kot gekrochen
Wie Bär und Schwein, gebt dem Gericht die Ehre,
Eh euch die gütige Mutter ganz zerbrochen,
Die edle Schwester gnädiger Engelchöre!

Fürst, gönnt mir einen Urlaub von drei Tagen,
Daß ich den Meinen Lebewohl kann sagen,
Ohn die ich Geld und Wechsel hier entbehre.
Das gütige Gericht wird's nicht abschlagen,
Die edle Schwester gnädiger Engelchöre!

Anmerkungen

9 *Thibaut d'Aussigny* – Bischof von Orleans. Er hatte Villon vermutlich als Landstreicher einsperren und »bei kaltem Wasser und hartem Brot« beinahe krepieren lassen. Möglicherweise lebte Villon nach seiner Begnadigung noch eine Zeitlang versteckt in der Umgebung von Paris und bereitete seine Rückkehr – es ging um die Rückerstattung des gestohlenen Geldes – vor. Um den Einzug in den alten Freundeskreis zu feiern, schrieb er noch »im Jahre einundsechzig« (das nach damaliger Zeitrechnung bis Ostern 1462 ging) sein *Testament* bzw. große Teile davon.

10 *Jean Cotart* – Domherr zu Notre-Dame; hatte eine nicht näher bekannte Funktion am geistlichen Gericht von Notre-Dame inne. Er war als großer Trinker bekannt.

– *Pikardisch* – nach Picart, dem Begründer einer Sekte, die sich zu den ketzerischen Ansichten der Turlipiner bekannte. Einer ihrer Glaubenssätze besagte, daß das Gebet für die Toten eitel und überflüssig und lediglich eine Erfindung der habsüchtigen Priester sei.

– *Der siebte Vers* – Meist wird diese Anspielung auf den 8. Vers des 109. Psalms (»Gott, mein Ruhm ...«) bezogen: »Seiner Tage müssen weniger werden, und sein Amt müsse ein anderer empfangen.«

11 *Ludwig, Frankreichs guter König* – Ludwig XI.; regierte von 1461 bis 1483.

12 *Averroës* – Der arabische Philosoph Ibn Roschd (gräzisiert Averoës), gestorben 1198 in Marokko, hatte als Übersetzer und Kommentator der Werke des Aristoteles den Anstoß zur Verbreitung der Lehre von der doppelten Wahrheit, der theologischen und der philosophischen, gegeben. Nach seinen Kommentaren wurde auch an der Sorbonne unterrichtet. Villon hatte sich schon im *Vermächtnis* über die scholastische Lehre lustig gemacht; hier führt er sein Wissen und seine Einsichten auf die harte Lebensschule zurück.

13 *Die Stadt der Rettung* – Gemeint ist Moulins, wo Herzog Johann II. von Bourbon residierte. Ihn hatte Villon auf seiner Wanderung in einem *Bittgesuch* um sechs Taler angefleht, die man dem Dichter wohl auch bewilligt hatte.

– *Roman der Rose* – Der altfranzösische Rosenroman, ein allegorisches

Liebesepos, wurde um 1230 von Guillaume de Loris im höfischen Stil begonnen und vierzig Jahre später von Jean de Meung im didaktischen und bürgerlich-realistischen Stil zu Ende geführt. Er war bis in das 16. Jahrhundert die verbreitetste Unterhaltungslcktüre in Frankreich, daher sind zahlreiche Anklänge und Entlehnungen in damaligen Literaturschöpfungen anzutreffen. Auch in Villons Versen gibt es viele Anspielungen auf Stellen des *Rosenromans.*

20 *Jacques Cœur* – reicher Kaufherr und zeitweilig Karls VII. Kronschatzmeister, der dessen Feldzug gegen die englischen Okkupanten finanziert hatte. Er wurde ein Opfer der Hofintrigen. Von dem Prozeß gegen ihn (1455), der Einziehung seiner Güter und von seiner Flucht hatte alle Welt gesprochen, und die Nachricht von seinem Tod auf der griechischen Insel Chio im Jahre 1456 hatte auch Villon erreicht.

31 *Helmschmiedswitwe* – Die sogenannte Helmschmiedswitwe war zu Villons Zeiten bereits eine legendäre Figur aus der Prostituiertenwelt. Geboren um 1375, wurde sie in jungen Jahren die Geliebte des hochgestellten Beamten vom Pariser Rechnungshof und Kanonikus von Notre-Dame, Nicolas d'Orgemont, dessen enge Beziehungen zum Hof und zum Bischof ihn jedoch nicht vor seinem Fall schützen konnten. Ein Komplott wurde aufgedeckt, und man kerkerte ihn in Meung-sur-Loire, in demselben Gefängnis, in dem auch Villon einen Sommer zubrachte, ein, wo er 1416 starb. Danach soll die einundvierzigjährige Helmschmiedswitwe mit einem Zuhälter, über den sie in Villos Ballade Klage führt, zehn Jahre, bis zu dessen Tod, zusammen gelebt haben. Vielleicht trug ihr Lokal einen Helm als Hauszeichen. Ihr Leben endete in Armut und Elend. Wenn sie, wie vermutet wird, zur Zeit der Abfassung der *Klagen* und der folgenden Ballade (etwa 1456) noch lebte, müßte Villon ihr als achtzigjähriger Greisin diese Verse in den Mund gelegt haben.

41 *Catherine de Vaucelles, und Freund Noël* – Die Urheber der schmählichen Abfuhr, die Villon am Anfang des *Vermächtnisses* als Vorwand für seine Abreise anführt, werden hier genannt: Catherine de Vaucelles, über die nichts überliefert ist – man weiß lediglich, daß eine angesehene Familie dieses Namens in der Nähe der Kirche Saint-Benoît wohnte –, und der »Freund Noël«, über den aber nichts zu ermitteln ist.

45 *Tacque Tibaut* – stand im Dienst des Herzogs von Berry und hatte sich als Steuereinnehmer maßlos bereichert. Mit diesem berüchtigten Erpresser verwechselt Villon absichtlich den Bischof Thibaut d'Aussigny den Bischof von Orleans, der Villon hatte einsperren lassen.

46 *Dem Vize wie dem Offizial* – Gemeint sind Pierre Bourgoing und Etienne Plaisance, Mitglieder des bischöflichen Gerichts in Orleans.
– *Robert* – der Henker von Orleans, der offenbar Villon beim Verhör mißhandelt oder während der Haft gefoltert hat.
– *Bastard de la Barre,* einer der Häscher des Pariser Kriminalgerichts.
47 *Provins, Turgis, Moreau* – Provins war Kuchenbäcker, Robin Turgis der Besitzer des *Tannenzapfens* und Moreau Schöffe von der Zunft der Bratköche.
50 *Buch vom Teufelsfurz* – ein verschollenes Werk Villons.
– *Guy Tabarie* – hatte beim Einbruch im Collège de Navarre Schmiere gestanden. Durch seine Redseligkeit wurde die Tat erst ruchbar. In der Vernehmung sagte er über Villons Mittäterschaft aus.
54 *Michaut* – Michaut nannte der Volksmund einen Herkules in der Liebe.
60 *Baubignon* – Pierre Baubignon, vielleicht ein Spelunkenwirt.
61 *Hesselin* – Denis Hesselin, ein reicher Grundbesitzer und hoher Finanzbeamter in Paris.
– *Charruau* – Guillaume Charruau, vielleicht ein junger Advokat.
62 *Jacques Raguier* – ein notorischer Trinker.
– *Großes Faß* – einstige Pariser Weinkneipe am Grève-Platz.
– *Louviers und Merebeuf* – zwei sehr reiche Pariser Bürger, die mit Vieh, Wolle und Tuch handelten und unbedingt den Lebensstil des Adels – Villon nennt hier die Falkenjagd – nachahmen wollten.
– *Madame Machecoue* – Besitzerin einer Bratküche.
63 *Raguier* – Person aus Pariser Finanzkreisen; hier erwähnt als einer der zwölf Wachhauptleute, aus denen sich die Garde des königlichen Gerichtsverwalters von Paris zusammensetzte.
– *de Bailly* – Jean de Bailly, Kanzlist in der Stadtkasse; fungierte auch als Ankläger.
– *Michaut du Four* – Wachhauptmann, der bei der Untersuchung des Einbruchs im Collège de Navarre mitgewirkt hatte.
64 *Elfmalzwanziger* – die 220 Büttel des Pariser Stadtgerichts.
– *Denis Richer und Jean Valette* – zwei von den Elfmalzwanzigern.
– *Cholet* – ein Faßbinder, der zur Stadtwache gehörte; später Häscher des Pariser Kriminalgerichts.
65 *Jean Mahé* – ein Kunsttischler, einer der Häscher des Pariser Kriminalgerichts.
– *Jean Riou* – Lohgerber, Anführer der 120 Bogenschützen der Pariser Stadtwache.
66 *Kann er mit Hunden sie nicht jagen* – Als Nichtadliger hatte Riou kein Jagdrecht.

– *Robinet Trascaille* – ein reicher Bürger, der ein Amt in der Stadtkasse versah.
– *Perrot Girart* – ein vereidigter Bader und Heilgehilfe, bei dem Villon auf seiner Flucht Unterschlupf gefunden haben will.
– *Äbtissin von Pourras* – Es ist zweifelhaft, ob Villon tatsächlich von der unkeuschen Äbtissin von Port-Royal, Huguette Duhamel, spricht. Im Rotwelschjargon hieß »Äbtissin« Raub, nach anderen Quellen Bordellwirtin.
67 *Turlipiner, Turlipinen* – Ketzer, die sich Bruderschaft der Armen nannten; *Pikardisch* s. Anm. zu S. 10.
– *Jean de Pouilli* – berühmter Prediger des 14. Jahrhunderts, Verfasser einer Schrift gegen die Bettelmönche.
– *Jean de Meung* – einer der Dichter des *Rosenromans* (s. Anm. zu S. 13), der im Gegensatz zu seinem höfischen Vorgänger das Frauenproblem bürgerlich-derb behandelte und die Mönche mit Spott überhäufte.
– *Mathieu* – Matheolus aus Bologna, klerikaler Schriftsteller des 13. Jahrhunderts, der die Frauen verunglimpfte.
68 *Frater Baude* – Baude de la Mare; wird als Beispiel des sittenlosen Klerus zitiert, weil er mit seinem Liebchen in der Klosterzelle hauste.
– *er, der das Siegel führt* – Gemeint ist ein gewisser Magister Richard de La Palu.
69 *Macée* – Macé, dessen Name Villon feminisiert, war der stellvertretende Amtmann von Berry, der seinen Sitz in Issoudun hatte. Es ist unbekannt, welche Rolle er in Villons Leben gespielt hat.
– *François d'la Vacquerie* – Magister François de la Vacquerie gehörte zum geistlichen Gericht von Notre-Dame.
– *Laurens* – Jean Laurens gehörte zum geistlichen Gericht von Notre-Dame.
73 *Marle* – Germain de Marle, ein Pariser Geldwechsler.
– *drei Waisen* – gemeint sind drei steinreiche alte Wucherer.
– *Salins* – svw. Salzstadt. Die drei, auf die Villon anspielt, waren große Salzspekulanten.
– *Pierre Richier* – unterhielt in Paris eine Lehranstalt.
– *Donat* – Gemeint ist die mittelalterliche Schulgrammatik für den Lateinunterricht *De octo partibus orationis* von Aelius Donatus, einem Grammatiker des 4. Jahrhunderts. – Donat (lat.) heißt aber auch »er gibt«, was Villon von keinem der drei behaupten möchte.
74 *Credo* – (lat.) Ich glaube; hier im kommerziellen Sinn »Ich kreditiere«.

– *Domherren* – Gemeint sind zwei sehr reiche Kanoniker von Notre-Dame.

75 *Alumnat der Achtzehn* – Gemeint ist das Collège des Dixhuit Clercs, das älteste Kollegium von Paris, das zu Villons Zeiten als Diebsspelunke verschrien war.

76 *Michault Culdoue* – Michel Culdoue, ein reicher Pariser Bürger. Zu dem Vornamen, den ihm Villon gibt, s. Anm. zu S. 54.

– *Charlot Taranne* – ein reicher Pariser Bürger.

– *Thibaut d'la Garde* – Gemeint ist Jean de la Garde, Sohn eines königlichen Sekretärs und Notars, reicher Spezereienkaufmann. Jean und Thibaut hießen im Volksmund die gehörnten Ehemänner.

– *Genevoys* – Pierre Genevoys, Ankläger des Kapitels von Notre-Dame beim Kriminalgericht. Er war als großer Trinker bekannt.

77 *Jean de Ruel* – Notar am Pariser Kriminalgericht. Ihm oblag die Erhebung der Gerichtsgebühren, Gewürz genannt. Hinzu kommt, daß sein Bruder tatsächlich Spezereienhändler war.

– *Rosnel* – Nicolas Rosnel, Notar am Pariser Kriminalgericht.

– *Diener Sankt Christofers* – Gemeint ist Robert d'Estouteville, königlicher Gerichtsverwalter von Paris, ein Gönner Villons.

– *Siziliens König* – D'Estouteville hatte am Turnier von Saumur (1446), das Herzog René von Anjou, seit 1417 König von Sizilien, veranstaltet hatte, teilgenommen. In diesem Ritterkampf gewann er die Hand der Ambroise de Loré.

78 *Robert d'Estouteville* – s. Anm. zu 77.

80 *Jean Perdrier . . . Freund François* – Diesen unbekannten »Freunden« scheint Villon eine Haft im Gefängnis des Erzbischofs von Bourges zu verdanken.

– *Taillevent* – Gemeint ist das altfranzösische Buch der Fleischarten des Guillaume Tirel, genannt Taillevent, aus dem 14. Jahrhundert.

83 *André Couraud* – nahm als Prokurator die Interessen König Renés von Sizilien in Paris wahr.

– *Gontier* – Philippe de Vitri (ab 1350 Bischof von Meaux) hatte, dem Geschmack der höfischen Kreise folgend, in seinem *Franc Gontier* das Schäferleben verherrlicht. Die Erwiderung, die Villon an ihn richtete, sollte aber vor allem König René von Sizilien gelten, der in seinen Dichtungen ebenfalls das Landleben idealisierte. Mit ihr gedachte er sich bei René einzuführen, als er in Angers weilte.

86 *Schwatzweib de Bruyères* – Gemeint ist die Witwe des Girard de Bruyères, die Besitzerin jenes Hauses in Paris, von dem die Studenten den Grenzstein, der der Teufelsfurz hieß, entführt hatten. An dem

übermütigen Streich hatte sicher Villon auch teilgenommen. Siehe Anm. *Buch vom Teufelsfurz* zu S. 50.

88 *Kleine Brücke* – Dort hatten die Fischweiber ihre Stände.

89 *Montmartre* – Auf dem Montmartre stand ein Nonnenkloster, das zu Villons Zeiten sehr heruntergekommen war.

– *Mont Valérien* – Auf dem Mont Valérien befand sich eine Einsiedelei.

93 *Noêl Jolis* – s. Anm. zu S. 41.

– *Henri* – Maître Henri, der Henker von Paris.

95 *Ruel* – Rotwelschausdruck für Straßenraub.

– *Montpipeau* – Rotwelschausdruck für Diebshandwerk.

– *Colin d'Cayeu* – Colin de Cayeu, Schlosser und Einbrecher, ein wichtiges Mitglied der Verbrecherbande, der Coquillards (Muschelbrüder).

99 *Provins* – Gemeint ist das einstige Blindenasyl von Provins, einem Ort im heutigen Departement Seine-et-Marne.

103 *Pierre Lomer* – Mitglied des Domkapitels von Notre-Dame; war mit der Säuberung bestimmter Straßen von Prostituierten beauftragt worden.

– *Ogier* – Ritter aus dem karolingischen Sagenkreis, hier als Beschützer der Frauentugend zitiert.

– *Chartier* – Alain Chartier (1385 bis etwa 1430), einer der bedeutendsten späthöfischen Liebeslyriker, unter anderem Autor des Gedichts *Die schöne Dame ohne Gnad* (1426). Seine Poesie wird aber von dem plebejischen, derb-realistischen Dichter Villon als verlogen und abgeschmackt abgetan.

– *Jacques James* – Besitzer eines Badehauses, das vorwiegend von schlecht beleumdeten Frauen besucht wurde.

104 *Seneschall* – Es ist fraglich, ob der in Ungnade gefallene Großseneschall der Normandie, Pierre de Bressé, ein Gegner Robert d'Estoutevilles, gemeint ist.

– *Der Philebert, der Wanst Marquet* – zwei ausgediente Polizeibüttel.

– *Chappelain* – einer der zwölf Wachhauptleute, aus denen sich die Garde des königlichen Gerichtsverwalters von Paris zusammensetzte. Doch nicht auf seine Obliegenheiten im Polizeidienst, sondern auf seinen Namen, Kaplan, bezieht sich Villons Legat.

105 *Jean de Calais* – Notar am Pariser Kriminalgericht.

109 *Volant* – reicher Salzhändler in Paris.

110 *Martin Bellefaye ... Sire Colombel ... Michel Jouvenel* – drei sehr reiche und angesehene Persönlichkeiten, vielleicht Ritter am Pariser Kriminalgericht.

– *Philippe Brunel und Jacques Raguier. Jacques James* – drei verrufene Zeitgenossen Villons.

111 *Thomas Tricot* – vielleicht ein junger Priester.

– *Perrettes Loch* – vielleicht ein Bordell.

– *Guillaume du Ru* – reicher Pariser Weinhändler.

150 *Garnier* – Etienne Garnier, Gefängnisschließer.